RELEVEZ LES DÉFIS,

ESCAPE BOOK

DÉCODEZ LES ÉNIGMES

ET ÉCHAPPEZ-VOUS DU LIVRE !

LE PIÈGE DE MORIARTY

EDITIONS
www.404-editions.fr

404 éditions
un département d'Édi8
12, avenue d'Italie, 75013 Paris

Illustrations intérieures : Marie Capriata
Illustration de couverture : droits réservés
Corrections et relectures : Ségolène Estrangin, Anne-Lise Martin
Maquette intérieure : Delphine Ribeyre
Maquette couverture : Axel Mahé
Directeur de collection : François Lévin

ISBN : 979-1-0324-0131-6
Dépôt légal : Juin 2017
Imprimé en France par Normandie Roto s.a.s. (1701289)

STÉPHANE ANQUETIL

RELEVEZ LES DÉFIS,

ESCAPE

DÉCODEZ LES ÉNIGMES

BOOK

ET ÉCHAPPEZ-VOUS DU LIVRE !

LE PIÈGE DE MORIARTY

404 EDITIONS

AVANT-PROPOS

Ce livre invite le lecteur à participer à un étrange défi : battre Moriarty.
Cet opuscule est un Escape Book, situé dans divers lieux de Londres, en 1891. Enfermé par le pire ennemi de Sherlock Holmes, le lecteur peut tenter de sortir de nombreux pièges en résolvant des énigmes. L'ouvrage ne se lit pas comme un livre traditionnel. Il nous faut donc apporter quelques précisions sur la logique de cette publication, surprenante de prime abord.

Le lecteur déjà familier avec les Escape Books pourra commencer la lecture immédiatement. Néanmoins, s'il s'agit de votre première aventure, ou si vous souhaitez simplement vous rafraîchir la mémoire, nous vous invitons à vous rendre *en p.172.*

De nombreux pièges attendent l'inspecteur téméraire et nous ne pouvons que lui conseiller de réfléchir avant d'agir ou de fouiller aveuglément certaines pièces.
Nous vous souhaitons une bonne lecture. Soyez patient et commencez par visiter les lieux accessibles, cela vous permettra d'accumuler des indices et des pistes pour comprendre les énigmes qui semblent impossibles à résoudre sans cela.

Ne vous perdez pas dans les méandres de Londres ! Nous espérons que vous trouverez la sortie...

PROLOGUE

« Vous avez croisé mon chemin le 4 janvier, dit-il. Le 23, vous m'avez incommodé, et vers le milieu de février, vous m'avez sérieusement mis en difficulté. »

James Moriarty à Sherlock Holmes dans Le Dernier Problème.

Mes chers petits-enfants,

En ces temps incertains, je sais que nombre d'entre vous ont besoin de se distraire. Comme vous le savez, j'ai été inspecteur de police à Scotland Yard. Et ce depuis la fin de l'époque victorienne et jusqu'en 1923, où j'ai pris une retraite méritée.

Nombre d'années ont passé, et certains d'entre vous, jeunes lecteurs, ou amateurs de cinéma, s'imaginent à tort que Sherlock Holmes n'est qu'un personnage de fiction. J'ai eu la chance de le côtoyer à mes débuts à Scotland Yard, et je peux vous assurer que Sherlock Holmes a bien existé. C'était un homme en tout point remarquable, d'une intelligence hors du commun et, par bien des côtés, très en avance sur son temps. Nombre de ses méthodes d'investigation font aujourd'hui autorité dans les services de police moderne.

Mon nom est à jamais associé à l'aventure de la vallée de la Peur, telle que son ami le Dr Watson l'a romancée. Évidemment, les lieux et les noms des personnages ont été changés. Mais sachez que même sous les artifices littéraires et les noms d'emprunt, ces histoires criminelles sont vraies.

La grande popularité de Sherlock Holmes lui a valu de nombreux admirateurs passionnés. Des lettres et télégrammes abondaient du monde entier. Si Conan Doyle n'avait pas eu l'astuce de placer le domicile du Sherlock Holmes de fiction en face de son domicile réel, à Baker Street, il aurait été ennuyé jour et nuit par divers solliciteurs : visiteurs légitimes, et même farfelus.

Aujourd'hui, je sais que les fils de l'imaginaire et de la réalité sont emmêlés. L'époque de ma jeunesse est pour vous lointaine et méconnue. C'est pourquoi j'ai décidé d'écrire ce livre. Plutôt que d'ennuyeux Mémoires, j'ai choisi le format d'un jeu d'énigmes. Les jeux de l'esprit, récréations mathématiques et autres ont toujours été populaires. Ils étaient déjà publiés dans des recueils spécialisés ou les journaux de mon époque, et cela même dans le fameux Strand Magazine, qui éditait les aventures de Sherlock Holmes.

Je vais donc essayer de vous raconter la plus formidable aventure qu'il m'ait été donné de vivre. Une aventure où j'ai bien failli perdre la vie à plusieurs reprises. Vous verrez qu'il m'a fallu des trésors d'intelligence pour en venir à bout, malgré les pièges tendus par un autre esprit d'envergure, le cerveau criminel célèbre sous le nom de

Moriarty, pseudonyme inspiré du latin signifiant « Que je meure ».
Conscient que les années nous séparent, j'ai ajouté en annexe à ce livre des documents, extraits de ma bibliothèque ou de mes carnets personnels, qui vous aideront à comprendre la fantastique époque où se sont passés ces événements. Ils vous seront précieux.
Puisse cet amusement vous toucher à travers les âges.

Votre grand-père,

Alec MacDonald

PREMIÈRE PARTIE

Jeu de piste dans Londres, un jeudi de février 1891.

SCOTLAND YARD

Par la fenêtre de mon bureau, je contemple les promeneurs qui pressent le pas sur Victoria Embankment, au bord de la Tamise. La nuit est déjà tombée. L'immeuble nord de Norman Shaw dans lequel Scotland Yard a emménagé l'année dernière est déjà trop petit. Nous sommes de plus en plus nombreux à veiller sur Londres et à pourchasser toutes les formes du crime. Construit d'une jolie alternance de brique rouge et de pierre calcaire blanche de Portland, l'architecture romanesque et les tourelles m'évoquent plus un château que les bureaux d'un service de police moderne. Il se reflète avec son jumeau, un immeuble voisin de même style, dans la Tamise.

Tandis que les vaguelettes du fleuve jouent avec le reflet blanc des lampadaires à gaz de la digue, je repense à l'ancien éclairage électrique. Dès 1878, il était pourtant fonctionnel, mais il a été remplacé pour de basses raisons financières : les ampoules coûtaient trop cher. Je philosophe à voix haute : « Comme quoi, il ne faut pas être trop en avance sur son temps. »

Je me nomme Alec MacDonald. Mes amis m'appellent Mac, tout simplement. Avec un nom pareil, vous vous doutez bien que je suis écossais. J'essaie de cacher mon accent quand je travaille, surtout à Londres, ça fait « province ». Mais quand je suis énervé, il revient comme le naturel, au galop !

Je suis un jeune inspecteur de Scotland Yard. J'ai à peine 28 ans. Quand j'étais étudiant, j'aimais le sport, le cricket notamment, mais depuis que je suis dans la police, je n'ai plus le temps. Les criminels ne chôment pas le dimanche, eux !

Un jeune coursier constellé de taches de rousseur frappe à la porte. Je sursaute et sors de ma rêverie. Il me demande :

« Inspecteur MacDonald ?
– Oui, lui-même.
– Messagerie Wilson. J'ai un message pour vous de la part de Sherlock Holmes.
– Ah, très bien, donnez-le-moi. »

Le jeune garçon me tend une feuille de papier bon marché pliée en quatre. Je le remercie avec un petit pourboire, et je déplie le message avec curiosité. Que me veut le grand détective ?
Je contemple avec perplexité le billet, où je reconnais les petits hommes dansants. Un code déjà utilisé dans une affaire de meurtre dans le comté de Norfolk. En tant que témoin privilégié et admirateur de ses aventures, Sherlock doit sûrement se dire que je connais ce code.
Personnellement, mes deux collaborations avec Sherlock Holmes lors des affaires de la vallée de la Peur et de la Chambre close m'ont appris à apprécier le détective consultant, comme il aime à se qualifier lui-même. Sa connaissance encyclopédique du crime est sans égale. Et ses méthodes d'investigation scientifiques sont à la pointe, il faudrait être aveugle pour ne pas le

reconnaître. Avec le temps, tous les inspecteurs de Scotland Yard en conviendront, j'en suis sûr. Avec le temps. Comme le tout-électrique, Sherlock Holmes est en avance sur son temps.
Allons ! Ce message, que dit-il ? Si Sherlock a besoin d'aide, pourquoi ne m'a-t-il pas envoyé un télégramme tout simplement ? Pourquoi un code ? Il se méfie sans doute des interceptions. Voyons :

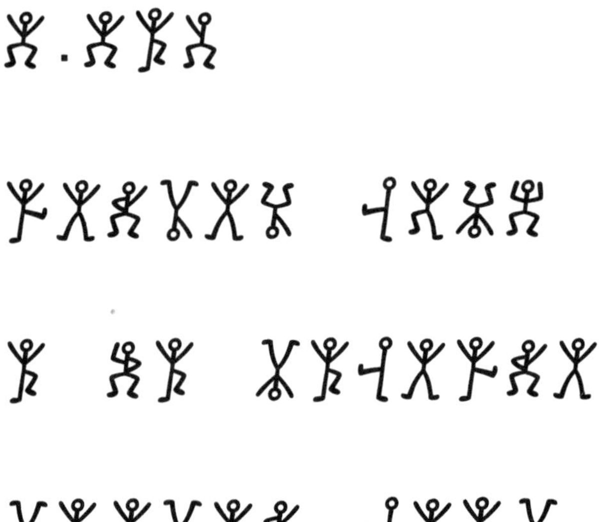

Diable, je suis un peu rouillé ! Qui dans Londres, pourrait m'aider à décoder ce message… ?

221 B, Baker Street

Ah oui, excellent, je vais voir si quelqu'un peut m'aider à Baker Street. Je frappe à la porte, et réveille presque cette pauvre Mme Hudson, qui venait de prendre sa tisane avant d'aller au lit. Heureusement, elle est écossaise elle aussi et me pardonne pour le dérangement. Elle n'a vu ni Holmes ni le Dr Watson de la soirée. Quand je lui parle du message sibyllin, elle retourne dans son appartement et revient avec la **monographie de Sherlock Holmes sur les codes secrets** dans la poche. « Tenez, je vous le prête, c'est mon exemplaire dédicacé ! Surtout, vous me le rapporterez quand vous aurez fini votre enquête, j'y tiens ! » C'est un document rare et précieux, et je peux m'y référer quand je veux en annexes p.206 pour y trouver de l'aide. Le célèbre détective y a consigné quelques conseils pour le décryptage des codes secrets.

Le « Strand »

C'est le boulevard des beaux quartiers et des journaux, comme, justement, le *Strand*, qui occupe des locaux des n°s 8 à 11 dans Southampton Street. C'est dans ce mensuel illustré que sont d'abord publiées, sous forme de feuilletons, les histoires de Sherlock Holmes. C'est Sir George Newnes, l'éditeur, qui doit être content ! Justement, le voilà qui sort des bureaux. Je le reconnais à son élégant chapeau haut-de-forme et à son magnifique pantalon rayé gris. Je me présente et demande poliment :

« Excusez-moi, Sir, pourriez-vous m'éclairer sur ce code ? – Pas le moins du monde, mon garçon, je suis un homme d'affaires et de lettres. Par contre, je me rappelle très bien cette aventure, c'est l'affaire des Hommes dansants. Sherlock Holmes a résolu cette affaire en décryptant ce code et arrêté le coupable avec l'aide de l'inspecteur Martin. Bien, je vous laisse, j'ai un dîner de gala à mon club de golf ! »

Chez l'inspecteur Martin

C'est un petit homme soigné de sa personne, à la moustache lustrée, aux manières vives qui m'ouvre la porte de son appartement. Je lui montre le code et il me répond immédiatement : « En effet, je m'en souviens très bien. Une mystérieuse affaire de meurtre au manoir de Riging Thorne, du temps où j'étais en poste à la police de Norfolk. Je serais incapable de me rappeler exactement le code. Tout ce que je peux vous dire, c'est que chaque bonhomme représente une lettre de l'alphabet… Attendez, il me reste un des messages originaux. J'en avais conservé un comme souvenir. Le coupable avait de toute façon tout avoué grâce à l'intervention de M. Sherlock Holmes. » Il fouille un instant dans un tiroir et me ressort le document suivant :

En lissant sa moustache brillante, l'inspecteur m'assure que ce message signifie : « Je suis là Abe Slaney ». « Et qui est cet Abe Slaney ? – Le criminel que Holmes a arrêté, justement après avoir décodé ce message. »
Me voici un peu plus avancé !

Messagerie Wilson

Le bureau de messagerie allait fermer. J'ai de la chance, j'intercepte le gérant au moment où il ferme boutique. Il me salue et me demande :

« Que puis-je faire pour vous aider ?
– J'ai reçu ce message. D'où provient-il ?
– Ah, c'est un jeune garçon nommé Cartwright. C'est le messager préféré de M. Holmes. Il a une absolue confiance en lui. Il le charge souvent de petites missions de renseignements : savoir si tel suspect est descendu dans telle pension ou tel meublé. Une fois, Sherlock Holmes lui a demandé de fouiller les poubelles des hôtels

autour de Charing Cross en quête d'un journal qui aurait été découpé pour composer une lettre anonyme. C'est tout à fait extraordinaire, n'est-ce pas ? M. Holmes paie bien, c'est l'essentiel.
– Comment Cartwright l'a-t-il reçu ?
– Par un de ces garçons de rue qu'emploie aussi M. Holmes pour ses filatures. Honnêtement, je préfèrerais que ces gamins-là n'entrent pas dans nos bureaux, leur tenue et leur hygiène laissent à désirer. Enfin, c'est tout M. Holmes, n'est-ce pas ?
– Oui, sans doute. Je vous remercie. »
Bon, je crois que je me suis déplacé pour pas grand-chose.

Chez l'inspecteur Lestrade

Je sonne chez l'inspecteur Lestrade. L'odeur d'un bon ragoût me chatouille les narines. Zut, je vais le déranger en plein dîner. Mais le devoir n'attend pas. C'est l'inspecteur Lestrade lui-même, une serviette autour du cou, et encore en train de mastiquer qui m'ouvre la porte d'un air peu engageant.

« Inspecteur MacDonald ? Qu'est-ce que vous faites chez moi à cette heure ?
– Inspecteur. Désolé de vous interrompre en plein souper. J'ai reçu ce message mystérieux.
– Pardon ? »
Je lui tends le papier.
« Qu'est-ce que c'est que ce dessin d'enfant ? Une plaisanterie ?
– Je ne crois pas, non, c'est de la part de Sherlock Holmes.
– Je vois. C'est encore une de ces énigmes, enfin un truc à la Sherlock, quoi. Si ça vous amuse, répondez, moi je me couche tôt. Demain, à 10 heures, a lieu l'inauguration de l'exposition des plus beaux joyaux de l'Empire britannique à la tour de Londres. Grosse journée. Je serai sur place dès le matin pour vérifier que tout est parfaitement en sécurité et gardé. Snitch, mon indic le plus fiable, m'a juré ses grands dieux qu'un vol s'y prépare. Je ne vois pas bien comment, mais vous comprendrez que je n'ai pas le temps de jouer avec M. Holmes.
– Bien, je m'en occupe.

– Je l'aurais parié ! Ça vous passionne, ces histoires de code, hein ? Attention, Alec ! La vraie police, ce ne sont pas des jeux d'énigmes et des raisonnements loufoques.
– Je le sais bien, inspecteur Lestrade, mais admettez que M. Holmes a un talent d'observation et de déduction qui nous a bien aidés par le passé.
– Oui, oui, bien sûr. Allez j'y retourne, ma femme m'a préparé un ragoût de mouton au chaudron, et je veux le déguster à point.
– Bon appétit !
– À demain ! »

Lestrade repart aussi vite qu'il est venu. Il est court sur pattes, et avec son maxillaire inférieur fort, je lui trouve une certaine ressemblance avec un bouledogue anglais. Qu'il est têtu ! Obstiné même, ce n'est pas un mauvais policier, mais il est très terre à terre. « Restons pragmatiques », comme il aime à dire.

Chez le Dr Watson

Qui d'autre que l'ami, le confident, le biographe du fameux détective, pourrait mieux me renseigner ? Malheureusement, je ne fais que déranger sa femme, la très jolie bonde aux yeux bleu-gris, Marie Morstan :

« Oh, je suis désolée, inspecteur. Mon mari a été appelé pour une urgence médicale. Il est parti avec deux hommes dans un fiacre en fin d'après-midi et il n'est toujours pas rentré. Je suis d'ailleurs un peu inquiète.
– Je suis désolé...auriez-vous par hasard un document qui me permettrait de comprendre ce code des hommes dansants ?
– Oh sûrement, il a gardé des notes sur chaque affaire de Sherlock Holmes. Attendez-moi un instant. »
Elle reparaît quelques instants plus tard. « Je suis désolée, c'est tout ce que j'ai retrouvé avec quelques notes sur l'affaire. Il se repose souvent sur sa seule mémoire, alors... »
Je remercie chaleureusement Mme Watson et prends connaissance de ces nouveaux documents.

Et il est marqué en clair juste dessous : « Rends-toi chez Elrige ».

Bien, avec ces nouveaux éléments, je pense que j'ai de quoi faire ! En tout cas, je dois désormais décoder le message de Sherlock avant d'aller plus loin.

Taverne du Dragon vert

Un rendez-vous secret avec Sherlock Holmes ! Je suis un peu nerveux, je dois l'avouer. Sherlock est quelqu'un que j'admire, je n'ai pas envie de le décevoir. Si seulement la police pouvait s'ouvrir à ses méthodes, se moderniser un peu… Je suis un des rares à Scotland Yard à apprécier pleinement l'aide qu'il nous apporte. Il faut dire qu'il a parfois un ton, enfin une manière un peu cassante d'expliquer son raisonnement. Pourtant c'est un tel plaisir intellectuel de le voir examiner une scène de crime. J'ai enfilé un manteau passe-partout, pas très élégant certes, pour ne pas me faire remarquer. Je me demande si Sherlock sera déguisé. J'arrive en vue de la taverne du Dragon vert. Le lieu a l'air populaire. J'espère que ce pub n'est pas malfamé. Je pousse la porte, les relents de tabac et le brouhaha m'assaillent. Un marin ivre me tombe presque dans les bras : « Hé môssieur, une p'tite pièce pour un brave ? J'reprends la mer demain et j'ai épuisé ma solde. » Mon Dieu, bonjour l'arrivée discrète ! Je repousse l'individu qui empeste le gin bon marché ! Et je m'assois à une table. Je vérifie vite fait qu'un complice du

marin ne m'a pas fait les poches. C'est une technique de pickpocket bien connue : un olibrius accapare toute votre attention, pendant qu'un autre, plus discret et habile de ses mains, vous dérobe votre montre à gousset ou votre portefeuille. Qu'est-ce que c'est que ça au fond de ma poche ? Un billet ? « Dans l'allée dehors dans une minute. S.H. » Non, c'est incroyable, le marin, c'était lui ? Je ne l'ai pas reconnu !
Je rejoins le marin dans la ruelle attenante. Sherlock Holmes est méconnaissable. Il me parle dans un souffle sans trahir son déguisement. Son regard ne cesse de guetter l'autre bout de la ruelle et la porte de la taverne.

« Inspecteur MacDonald, je suis sur la trace d'un réseau criminel sans précédent. Je dois à tout prix continuer ma filature ici même. Vous souvenez-vous de Moriarty ?
– Le Pr. Moriarty ? L'homme que vous aviez relié à l'assassinat de M. John Douglas dans l'affaire de la vallée de la Peur ?
– Lui-même. Et je pourrais citer une centaine d'affaires dont je le soupçonne d'être l'instigateur.

Il est à la tête de la plus puissante organisation criminelle de notre époque.
– Allons, vous savez, qu'officiellement, nous, à la police, on n'a rien contre lui : aucun soupçon, aucun dossier. Si j'en parlais à l'inspecteur Lestrade, il se moquerait de moi !
– En effet. Comment arrive-t-il à perpétrer ses crimes sans qu'on puisse jamais remonter jusqu'à lui ? Mystère. Il utilise certainement des moyens de communication secrets. Mais nous perdons du temps. Un des jeunes irréguliers de Baker Street m'a averti qu'on avait probablement enlevé mon ami, le Dr Watson. Il a prétexté une urgence médicale, et il est monté dans un fiacre, escorté par deux hommes louches.
– Pourquoi s'en prendre au Dr Watson ?
– Ils veulent faire pression sur moi et me distraire de mon enquête en cours. Je suis sûr que ce bon Dr Watson n'apprécierait pas que je laisse ce réseau de criminels impunis pour venir le secourir. Mais je ne peux pas non plus rester là sans rien faire pour lui. Mac, vous connaissez mon estime pour vous. Voulez-vous bien m'aider et vous en charger ?

– Oui, bien sûr, je vais avertir Scotland Yard et nous allons mettre tous nos agents sur...

– Surtout pas. Le réseau en serait immédiatement averti. Il a des espions partout. Non, agissez seul. Ils ne vous attendent pas, vous. Ils vous sous-estiment sans doute.

– Très bien. D'accord je vais essayer de faire de mon mieux, M. Holmes.

– Merci. Je sais que certains d'entre eux utilisent la vitrine du **magasin Bailey** pour communiquer. Ainsi ils ont juste à regarder innocemment la vitrine pour prendre connaissance des consignes. C'est malin ! Le code doit être impérativement simple, il s'adresse à de vulgaires exécutants des basses œuvres. Fred Porlock, mon informateur auprès de Moriarty, m'a informé que le code change toutes les semaines. Le principe ne change pas, mais, en quelque sorte, il y a une clé. Les hommes de Moriarty doivent se souvenir d'une phrase valable pour la semaine... Une aide mnémotechnique en somme.

– Cela me semble plutôt nébuleux.

– Allons, inspecteur, c'est forcément plus élémentaire qu'il n'y paraît ! Vous trouverez des indices pour vous aider. Voilà ce que je sais de Moriarty. C'est un professeur de mathématiques réputé, mais qui a choisi une petite université. Il habite au **66 Mansion House.** Je vous l'avoue, Mac, j'ai déjà pénétré chez lui, en me faisant passer pour un simple visiteur. Mais je n'ai jamais pu trouver aucune preuve dans son bureau. Aucun document, rien. Cet homme est extrêmement précautionneux. Pourtant, si l'on trouvait des preuves contre lui...

– Il faut arrêter et faire parler ses hommes !

– Pensez ! Ils préfèrent plutôt mourir que de le trahir. De toutes les façons, la bande protège ses membres, et ce même en prison : faveurs, corruption des gardiens. Les criminels de Moriarty n'ont qu'à attendre tranquillement la fin de leur séjour, à condition de tenir leur langue, bien sûr ! Car pour les traîtres, la peine est immédiate : c'est la mort. Même ceux qui désobéissent à un ordre n'ont le droit qu'à deux chances. À la troisième erreur, la sanction suprême est prononcée. Porlock m'a rapporté que Moriarty tient même un registre secret où il comptabilise ce genre d'informations.

– Cela démontre un sang-froid et un sens de l'organisation machiavéliques.
– Oui, c'est un trait du personnage qui... bon sang, voici mon homme. Je dois le filer !
– Holmes, je... »

Trop tard. Il s'est fondu dans un groupe qui sortait de la taverne.
Sherlock Holmes m'a fait l'honneur de sa confiance, je dois m'assurer de son meilleur ami, le Dr Watson. Je tiens désormais à me montrer à la hauteur ! Pendant ma courte marche, je me remémore ce que m'a déjà raconté Holmes au sujet de Moriarty.

Magasin Bailey

Bailey est un magasin de jouets et de bibelots. Dans la vitrine, entre les poupées et les jouets en bois, une scène saisissante attire l'œil des passants. Un petit joueur de cartes semble comme figé dans le temps. Au premier regard, on ne sait pas si c'est un enfant qui joue la comédie ou une sorte de petit homme maquillé. Après un deuxième coup d'œil, je comprends que c'est un mannequin de cire comme on peut en voir chez Mme Tussaud à Baker Street. Il joue à une sorte de jeu de solitaire. Je regarde la pile conséquente de la pioche. J'en déduis qu'il y a deux jeux français de 52 cartes. Sur la table miniature, faite d'un bel acajou autour d'un tapis de feutre vert, il y a ces lignes de cartes comme une sorte de solitaire, que je déchiffre sans peine de la rue.

Je cherche à comprendre ce que c'est ? Un jeu de réussite ? Comment déchiffrer ce nouveau code ? Je ferais mieux d'aller chercher des indices pour m'aider auprès du domicile de Moriarty. Hélons un *cab* et allons-y !

66 Mansion House

Mon cabriolet remonte la rue au pas. La rue résidentielle est plutôt calme à cette heure. Les becs de gaz sont allumés et l'éclairage donne à plein. On est loin de l'image embrumée et sinistre qu'ont parfois les visiteurs de notre capitale. Les journaux populaires ont fait grand cas des meurtres affreux de Jack l'Éventreur. En Angleterre comme à l'étranger, leur retentissement a été désastreux, y compris pour moi à New Scotland Yard. Mais l'East End n'est pas Londres. Ce quartier propret et bien éclairé en est la preuve vivante.

Je repère rapidement le 66, une maison de style victorien. C'est une maison blanche de trois étages avec un perron en haut d'une volée de marches. Un bow-window dépasse de la façade. C'est une sorte de fenêtre en saillie en forme de demi-octogone. Faux balcons, frontons en demi-cercle et même une coupole tout en haut du toit décorent l'ensemble. Ce n'est pas là les taudis de Saint-Giles, ou un repaire de coupe-jarrets en tout cas. La lumière de l'entrée semble allumée. La porte s'ouvre, deux femmes sortent en babillant. Ah, ce ne sont que la cuisinière et la bonne

du Pr. Moriarty. Les voilà parties ensemble, bras dessus, bras dessous, leur service terminé.
Que faire ? Rester en embuscade ? Ce ne serait pas très discret. Je suis sûr qu'il y a un *bobby* pas loin qui passera pendant sa ronde. Ce policier connaît son secteur et il me remarquera à coup sûr. Et il ne manquera pas de me poser des questions. Sherlock Holmes a dit que Moriarty avait des espions partout, y compris dans la police. Si c'est le cas, soudoyer le policier le plus proche de son domicile pour surveiller les allées et venues suspectes me paraît l'évidence. Nous avons là affaire à un cerveau aussi brillant que celui de Holmes.
Et si j'allais sonner, tout simplement ? Après tout, je suis un inspecteur de Scotland Yard. Je trouverai bien un prétexte pour justifier ma visite. Je monte les marches du perron quatre à quatre. J'arrive en deux bonds sur le palier devant la porte d'entrée. Je soulève le marteau et frappe lorsque j'entends à peine un clic. La porte vient de se débarrer. Voilà qui est fort ! Je pousse la porte sans peine, elle glisse en silence sur ses gonds huilés. Je demande à voix haute : « Excusez-moi, il y a quelqu'un ? »

Personne ne répond. C'est quand même un peu bizarre. Je rentre. Je sens la douce chaleur dans la maison, c'est plutôt agréable, par rapport à la nuit froide et brumeuse dehors. Je tousse pour faire savoir que je suis là. On ne plaisante pas avec les convenances. Rien ne se passe, j'avance d'un pas. Je jurerais qu'une planche vient de craquer quelque part. Non, pourtant rien ne bouge. Zut ! La porte vient de se refermer sans un bruit. Je me précipite pour vérifier que je peux encore sortir. La clenche bouge, mais la porte reste fermée. J'avoue que j'ai un instant de panique ! Dans quelle situation me suis-je fourré ? Je n'ai pas de mandat. Aucune preuve, aucune raison d'être là. Juste les accusations de Sherlock Holmes ! Si le professeur revient ou arrive et qu'il me voit ainsi chez lui, il est dans son droit de porter plainte pour violation de domicile ! Il y a des lois dans ce pays et on ne plaisante pas avec le droit anglais ! Je risque de passer un sale quart d'heure auprès de mes supérieurs à Scotland Yard. Alors que ma carrière était bien engagée ! C'est malin.

Je suis coincé dans la maison du Pr. Moriarty ! dans le couloir de ce qui peut devenir la plus terrible erreur ou la plus grande opportunité de ma carrière ! Je me rends p.39, sans moyen de revenir en arrière.

DEUXIÈME PARTIE

Dans la maison de Moriarty.

Rez-de-chaussée

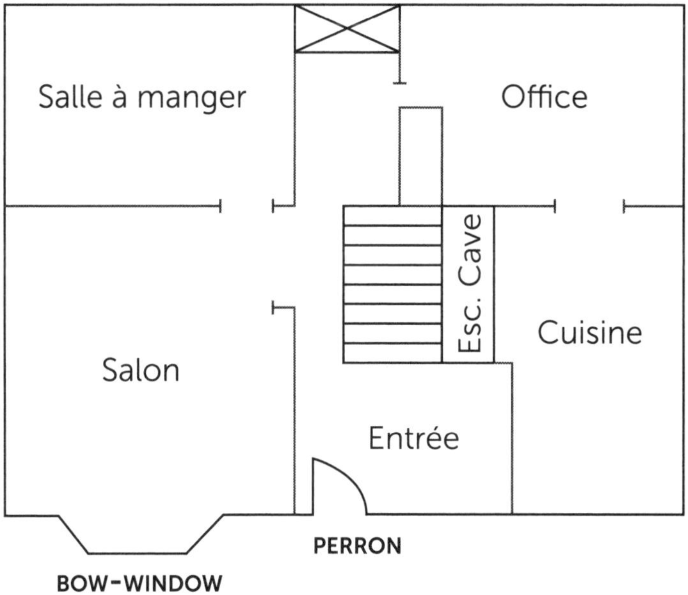

Dans l'entrée

Me voici dans l'entrée. La décoration est plutôt cossue. Sur le mur à ma droite, un miroir, à ma gauche deux gravures de Londres au XVIIe siècle. Au sol, un joli carrelage aux motifs géométriques blancs, bleu clair et bruns. Un portemanteau en bois et une chaise permettent de se dévêtir confortablement. Au pied du portemanteau, je fouille avec prudence les cannes. L'une d'elles, à tête de canard au bec allongé, est en fait une canne épée. Elle se démonte en deux en tournant le haut de 90° et laisse apparaître une extrémité pointue et tranchante. La lame est marquée SOLINGEN avec un Σ stylisé. Rien d'exceptionnel ! À Londres, les rues ne sont pas toutes sûres, je comprends qu'on puisse vouloir se défendre. Je note cet objet dans mes **Trouvailles, p.198.**

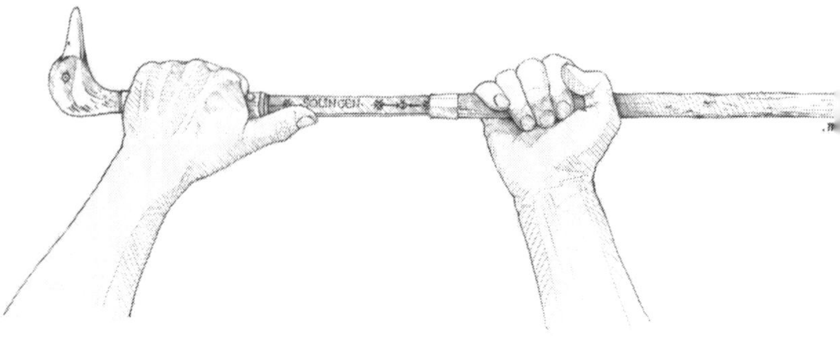

Bref rien de trop voyant ni de mauvais goût. C'est une entrée de maison bourgeoise comme il y en a des milliers à Londres. Un professeur comme lui, c'est 700 £ d'émargements par an. De quoi vivre confortablement, sans excès.
L'entrée dessert **le salon**, **la salle à manger**, **l'office** puis la **cuisine** et elle sert aussi de cage d'escalier. Un **escalier en bois** monte au **1er étage.** Derrière une porte camouflée par la couleur du mur, l'**escalier de la cave** s'offre à moi.

I – Cela ne fonctionne pas, mais il y a de l'idée.

II – Je promène attentivement la loupe sur les surfaces, et je ne relève que quelques empreintes de pas qui vont et viennent d'une porte à l'autre.

III – Lire les règles, c'est bien ! Lors d'une enquête, un inspecteur doit examiner toutes les pistes.

Le salon (*drawing room*)

C'est une pièce abondante en décoration, selon l'usage, puisque c'est la pièce « sociale » où l'on reçoit ses invités et visiteurs de passage. La cheminée en marbre occupe une large place sur un des murs. L'âtre est protégé par un pare-étincelles. Je

me baisse et jette un œil dans le conduit de cheminée pour vérifier qu'il n'y a pas un passage par là, mais à moins d'être un ramoneur rachitique de 10 ans... Dans un coin, un majestueux piano droit. La partition sur le piano est celle de la comptine *The House That Jack Built*. C'est une chanson pour enfants extrêmement populaire qui dit : « C'est la maison que Jack a construite. C'est le grain qui était étalé dans la maison que Jack a construite. Ceci est le rat qui a mangé le grain qui était étalé dans la maison que Jack a construite. Ceci est le chat qui a mangé le rat... » Et ça continue ainsi à s'ajouter à la phrase précédente avec le chien puis la vache... (*cf.* le texte complet dans la partie **Documents, p.214**). Je peux choisir de jouer un morceau de musique sur le piano, histoire de tester si cela ne sert pas de déclencheur à un ingénieux mécanisme. Pour cela j'utilise une combinaison spéciale, que je pianote sur les **touches du piano p.179**.
Trois confortables fauteuils me tendent les bras, mais ce n'est pas le moment de se reposer. Ah, voici la fenêtre en bow-window que j'avais vue de l'extérieur ! Je ferais bien de sortir par là, tout simplement.

Diable, il n'y a pas de poignées, elle ne s'ouvre pas ! Les carreaux sont petits, ça ne se sert à rien d'en casser un, je ne vais pas démolir la fenêtre. Soudain, quelqu'un siffle un air de musique ! Je sursaute et me retourne prestement. Personne. Cela recommence. Je cherche. C'est une cage dorée qui était posée derrière un fauteuil, que je n'avais pas vue, et qui contient un oiseau. Il entame à nouveau sa chansonnette. Quand j'étais jeune, ma mère voulait me faire jouer de la flûte, alors j'ai appris le solfège. J'ai l'oreille musicale, il paraît ! Voilà ce que cela donne :

J'ai déjà vu les marchands d'oiseaux apprendre à leurs volatiles à jouer d'un air à la mode, pour le plaisir des passants et des futurs propriétaires. Mais là, c'est clairement raté. Je laisse là l'oisillon dans sa cage. Je parcours la pièce du regard et constate l'absence de toute photographie de famille, mais remarque deux peintures représentant Wellington et Napoléon. Napoléon en peinture chez « le Napoléon du crime », comme l'appelle Holmes, ça c'est drôle. Très drôle.

I – Soudain le piano s'arrête net, comme si la sourdine s'était déclenchée sur toutes les cordes. Je me lève, anxieux, j'ai certainement cassé des cordes. Je vois alors qu'une trappe invisible s'est ouverte sur le côté. Dedans, un vieux recueil illustré de contes populaires. Des histoires de loups qui mangent les petits enfants. Il est dédicacé « À James, puisse ce livre remplacer mes absences ». La signature est illisible. Gashy ou Gestly peut-être ?

II – Les traces de doigts et l'absence de poussière ne mentent pas, on a joué sur ce piano il y a peu de temps.

III – Cela m'a fait du bien de jouer. Je peux me lever, le cœur léger, et reprendre mon exploration.

La salle à manger

C'est une pièce qui sert à recevoir pour déjeuner. Il manque incontestablement une touche féminine, car elle est très austère et quasiment abandonnée. Des draps recouvrent quelques meubles. La table centrale n'est pas dressée.

Le professeur n'est pas un habitué des repas mondains, tout simplement. Les seuls objets intéressants, c'est une horloge sur la cheminée et une glace. L'horloge a cinq minutes de retard. Sous les draps, je découvre des fauteuils et une banquette confortable pour faire la conversation à deux. Il y a un vieux livre jauni, *Histoire des jeux de cartes*, sous une fine couche de poussière (*cf.* **Documents**)... À l'intérieur de la page de garde est écrit « James Gastly » d'une plume mal assurée, avec un tracé puéril. Le livre d'un enfant sans doute. Le tout semble inusité et désuet.

I – Rien ne fonctionne.

II – Personne ne vient jamais dans cette pièce, cela semble évident vu l'absence de traces.

III – Je n'obtiens aucun résultat.

L'office

Dans l'office, je note deux sonnettes reliées à un fil, comme il est d'usage pour avertir le personnel dans les maisons et même les bureaux. L'une est désignée « Bureau » et l'autre « Observatoire ». Qu'est-ce que j'attendais ? Une carte détaillée de l'empire criminel de Moriarty sur Londres ? Des sonnettes pour appeler le petit personnel au service du crime ? Avec une clochette marquée « Voleurs » et une autre « Assassins » ? Ridicule ! Un tableau de service note les courses et le travail à faire :

- Livraison de charbon… 400 kg, mercredi.
- Prendre costume de M. M au tailleur vendredi.
- *Le CAFÉ est à la cave.*
- Penser à racheter des oignons pour le bœuf carottes.
- Lundi : lessive ; jeudi : argenterie.

La vie quotidienne, quoi ! Même les grands criminels doivent manger et laver leurs habits ! Deux grands éviers servent à laver la vaisselle. Un meuble sans porte sert de rangement vertical aux assiettes et des étendoirs permettent de sécher le linge : torchons, serviettes, nappes. Ces linges comportent une marque cousue, « J.G. ».

Un buffet fermé retient mon attention. C'est un beau meuble de cuisine, et la serrure argentée imite le dessin du « thêta » grec, **θ**. Que peut-il renfermer ? C'est peut-être quelque chose que je pourrais **combiner** avec une de mes **Trouvailles** ?

I – Cela ne fonctionne pas.

II – Je remarque que l'écriture de la 3e ligne de la note de service est différente. Aussi, en regardant attentivement la fine couche de poussière et d'usure du meuble, je constate que seuls deux couverts sont constamment utilisés, le professeur ne doit pas recevoir chez lui !

III – J'ouvre le battant avec application. Ma curiosité est mêlée d'appréhension : que vais-je découvrir ? Pourquoi ce bahut était-il fermé ? L'argenterie ! Service à thé, couverts, plats richement décorés, sucrier et même pince à sucre. Oui, bien sûr, on ne laisse pas ce genre de vaisselle coûteuse à portée de n'importe quel livreur dans la maisonnée.

La cuisine

C'est une cuisine bien équipée, suffisante pour préparer les repas d'une petite famille. Une grande cuisinière à charbon Constantine's London occupe une place centrale le long du mur. C'est

un beau fourneau en fonte avec plusieurs fours, des plaques chauffantes, de quoi faire bouillir l'eau et même un tiroir tout en bas pour chauffer les plats. Accrochés ou sur des étagères, des plats, des gamelles et un bel assortiment de poêles et de casseroles en cuivre soigneusement rangés par ordre de grandeur. Sur le plan de travail, entre grands couteaux et fendoirs, je vois le célèbre livre de recettes de cuisine de Mrs Beeton. Un *must-have* des ménagères !
Un monte-plats permet de passer les plats commodément entre les étages. Il semble devoir fonctionner avec une manivelle finement ciselée aux extrémités qui rappelle le « lambda » grec : **λ**. J'imagine bien que le professeur n'aime pas être dérangé par le personnel et qu'il préfère se contenter d'un plateau-repas, plutôt que des oreilles indiscrètes se mêlent de ses affaires. Il y a donc comme une petite trappe dans le mur recouvert de carreaux en céramique bleus. Elle est trop petite pour laisser passer un homme, 60 cm de long par 30 de large environ. Sur le côté du passe-plat, il y a trois encoches correspondant au pas de la manivelle et marquées :

« 1 », « 2 » et « Appel » en 3. Je pourrais combiner la manivelle et l'une ou l'autre des encoches et voir ce qui se passe.

I – J'entends très nettement le son d'une poulie qui tourne et de cordes qui se tendent et bougent. Le monte-plats semble s'arrêter quelque part plus haut.

II – Le livre de recettes a son marque-page sur la recette du pudding au lait.

III – Une mécanique se met visiblement en marche quelque part. Enfin au début, c'est plus « audible » que visible. Le contenu du passe-plat finit par apparaître. D'abord brille un plateau à poignées d'argent. Dedans je trouve un gâteau sous une cloche de verre. Eh bien il se laisse pas mourir de faim, le Pr. Moriarty ! Un pudding au lait bien appétissant. À côté, une petite clé bien lustrée dans une coupelle avec un billet écrit d'une écriture appliquée de femme : « Professeur, voici la clé que vous m'avez demandé d'astiquer. » J'observe la clé, qui a une lettre ou un dessin en forme de ζ et je la note dans mes **Trouvailles**. Franchement, je résiste à l'idée de manger le pudding, rien que pour vérifier s'il ne cache pas une autre clé ou une lime à l'intérieur comme dans les aventures rocambolesques d'évasion.

L'ascenseur

L'ascenseur n'est pas là. Pas de groom, pas de bouton d'appel. Il doit être à un autre étage. Ça tombe bien, je préfère garder la forme et monter les escaliers. Mais je vais certainement le retrouver là si je reviens par ce moyen de transport.

I – Après une descente en douceur, je me retrouve bien sûr au rez-de-chaussée. Donc oui, c'est bien un 0, comme « 0 » étage. Et donc, comment faire pour aller au 2ᵉ étage ?

II – Rien à signaler.

III – Cela ne fonctionne pas.

L'escalier en bois

C'est un bel escalier à balustrade en bois peint en blanc avec un élégant poteau surmonté d'une boule. Les marches sont en bois de chêne clair et je peux vous dire qu'elles sont sacrément bien cirées. Si je le veux, je peux l'utiliser pour monter directement au **1er étage**.

I – Rien de particulier.

II – En observant méticuleusement, je note qu'il y a comme un petit décalage entre la marche et la contremarche.

Comme une jointure mal faite entre le bois horizontal et la partie verticale de chaque marche, quoi.

III – Je ne vois rien de plus.

L'escalier de la cave

La porte est marquée d'un petit soleil en cuivre, ☼. J'ouvre la porte avec appréhension. On ne sait jamais. Bon, c'est tout noir. Je vois à peine les premières marches. En plus si je lâche la porte, elle semble vouloir se refermer. Je ne vais pas descendre sans lumière, je me casserais la figure. Il faut d'abord que je trouve une lampe : une sourdine, une lampe-tempête, quelque chose de facile à transporter. Et à poser si j'ai besoin d'avoir les mains libres. On va éviter les grands chandeliers qui s'éteignent au moindre courant d'air, si vous le voulez bien. J'ai beau être Écossais, l'exploration façon châteaux gothiques à la Frankenstein, ce n'est pas pour moi !

I – Rien à signaler.

II – Sur les marches, j'observe des traces de pas plus petites, plus fines, plus féminines.

III – Voilà qui est mieux ! J'y vois clair au moins jusqu'à 2 m. Je descends prudemment, le dos légèrement tourné contre le mur, marche après marche. Je vous passe les sinistres découvertes que la police fait parfois dans les caves des criminels. Fausse monnaie, contrebande, atelier clandestin, ça encore, c'est courant. Des cadavres que les meurtriers découpent ou enterrent pour s'en débarrasser, ça l'est moins... On s'en raconte, des histoires vraies comme ça, à Scotland Yard ! Savez-vous que même notre immeuble a été construit en en rasant un où on a trouvé un buste de femme démembré ? Le mystère de Whitehall, on ne l'a jamais élucidé. Je ne sais pas pourquoi j'ai des pensées morbides comme ça, juste en descendant un escalier. Allons !

Sous-sol

[Cette partie n'est accessible que si vous avez réussi à vous procurer une lampe.]

Le sous-sol comporte un **local à chaudière et une cave**.

Le local à chaudière

Il y a là une grosse chaudière en fonte. Et des sacs de charbon, une pelle et donc tout ce qu'il faut pour chauffer une grande maison. Fouiller le charbon, la bonne idée ! Eh bien j'ai désormais les mains sales et des salissures bien noires sur mes manches et mon pantalon !

I – Je le savais qu'on trouverait un squelette carbonisé. C'est celui d'un chat qui n'aurait pas dû traîner par là.

II – Non, ça suffit, c'est juste une chaudière, bon sang ! C'est la maison de Moriarty, pas de Landru !

III – Rien à dire de plus.

La cave

C'est un local sec, au sol de terre battue et aux murs de brique partiellement recouverts de vieilles teintures vertes. Je sens immédiatement à l'odeur un piège à rat avec une bête prise dedans. Le rat est encore vivant et il me regarde d'un air apeuré en poussant les couinements aigus caractéristiques de son espèce. Je ne peux m'empêcher de penser qu'il y a peu de différences entre moi, piégé ici, et lui. Il y a là quelques sacs de provisions à conserver dans le noir pour les empêcher de germer : pommes de terre, oignons. Je fouille les sacs à la recherche d'indices. Ah, une pomme de terre qui verdit, bon. Une lourde teinture m'interpelle. Je la repousse et regarde derrière. Alors là, bingo ! Une porte supplémentaire : le cellier.

I – Rien de spécial.

II – Si j'observe bien, je vois un décrochage dans le mur pour la cage d'ascenseur. La place nécessaire pour la machinerie, je suppose.

III – Rien à signaler.

Le cellier

C'est fermé par une lourde porte rustique, en bois, verrouillée par un cadenas original. Curieusement, le cadenas marqué d'un π ne nécessite pas de clé, mais une combinaison de quatre lettres. En effet quatre roues, d'un diamètre de 13 mm environ, sont crantées et tournent indépendamment. Sur chacune des roues, des lettres sont gravées en capitales autour de la circonférence. Heureusement, toutes les lettres ne sont pas sur chaque roue en cuivre, j'en compte sept. Mais des mots de quatre lettres en anglais, il y en a un certain nombre, et je me vois mal les essayer un par un. Un rapide calcul de tête m'indique en effet qu'il existe environ 2 400 possibilités. Le côté pratique :

pas besoin de clé. Maintenant, il faut pouvoir se rappeler le mot. Avec un moyen mnémotechnique peut-être ?

I – Pourquoi pas ce qu'il y avait dans la cuisine ? Ah, pas bête. Mais non, ça n'ouvre pas.

II – Les traces d'usure sur le cadenas ne me permettent pas de savoir quelles lettres doivent s'aligner. Mais il est possible que la dernière lettre soit une voyelle.

III – Et pourquoi pas, après tout ce mot était bien écrit sur le tableau dans l'office. Et voilà ! cela s'ouvre. C'était indiqué blanc sur noir au milieu de courses anodines. C'est la cave à vin ! Trois tonneaux de bourgogne et bordeaux sont sur des cales. Il y a des casiers de vins français avec des millésimes rares. Je vois aussi d'excellents cognacs. Serais-je tombé sur le péché mignon du professeur ? Je m'y connais peu, en Écosse, c'est plutôt le whisky, mais il y a de belles bouteilles. Si j'avais le temps... Je découvre deux éléments. Un tire-bouchon, avec son extrémité en forme de spirale caractéristique, ξ, que j'ajoute fièrement à mes **Trouvailles.** Et roulée, dans une bouteille vide, la page déchirée d'un fascicule qui s'appelle *Le code ABC*. Je peux le lire dans mes **Documents p.220.** J'espère que tout cela me servira par la suite !

56. LE PIÈGE DE MORIARTY

Maison 1er étage

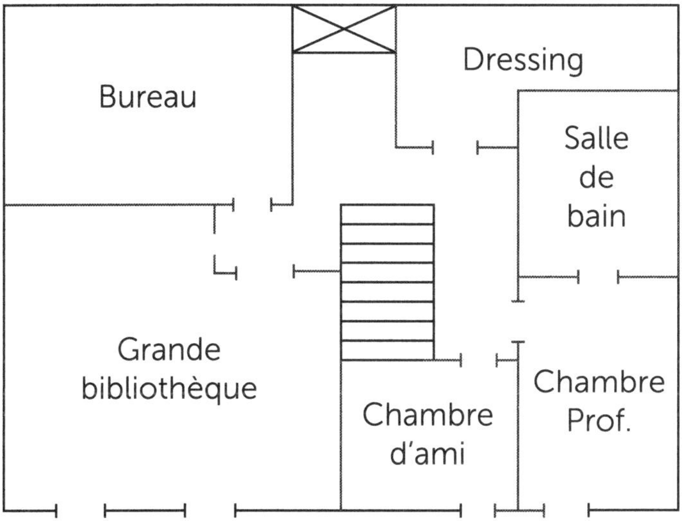

En haut de l'escalier, le palier est recouvert d'un joli tapis ornemental. Je regarde dessous, mais c'est vraiment par acquit de conscience. Rien qu'un parquet bien entretenu. J'ai le sentiment désagréable et de plus en plus profond d'agir et de fouiller partout comme un voleur.

Ce palier dessert six pièces : **un bureau, une bibliothèque, un dressing et la chambre, avec salle de bain et une seconde chambre**, probablement une chambre d'ami. L'**escalier** du rez-de-chaussée arrive ici, évidemment. Je vois aussi l'**ascenseur** qui était arrêté à cet étage.

L'escalier

C'est un bel escalier à balustrade en bois avec un élégant poteau surmonté d'une boule. Les marches sont en bois de chêne clair et elles sont sacrément bien cirées. J'appuie nonchalamment ma main sur la boule décorative en haut du poteau. Un grand classique du style victorien, qu'on trouve dans bien des maisons. Enfant, j'adorais jouer avec. J'imaginais que c'était un ballon, la Terre... Ma mère me disputait, parce que je laissais des traces de doigts sales. Tiens, mais elle bouge, cette boule. Quelqu'un l'a cassée. J'observe de plus près la jointure en bas de la sphère. Mais ça se dévisse ? Il y a de légères traces de frottements. Et si je tentais de tourner la boule du poteau et de regarder le résultat ? Je saisis la boule décorative à deux mains pour la faire pivoter sur elle-même. Elle tourne facilement en déclenchant un mécanisme, je vois les marches qui s'inclinent pour former une sorte de plan incliné. C'est incroyable, les contre-marches se sont escamotées et les marches de bois cirées forment une sorte de toboggan. M. Moriarty serait-il un grand enfant ? Je ne peux m'empêcher de sourire en l'imaginant, lui, professeur, descendre cela sur les fesses. Soudain je réalise d'un coup l'efficacité redoutable de ce système. Il devient très difficile de monter l'escalier ! Je m'assure aussitôt de pouvoir inverser le procédé. Oui ! Quand je tourne la boule dans l'autre sens, l'escalier reprend sa forme normale. Ouf.

I – Il n'y a rien de particulier.

II – En observant attentivement, je note que des travaux ont été faits, sans doute pour gagner de la place à cet étage. Il y a comme une petite différence de teinte dans les lames du parquet qui trahit la présence antérieure d'un escalier supplémentaire. Je me demande comment on monte plus haut du coup !

III – À part l'« effet toboggan », rien à signaler.

La chambre du professeur

La chambre est spartiate. À part le lit formé de tubes de cuivre de couleur jaune doré, la décoration laisse à désirer. Je peux affirmer qu'il n'y a pas de femme qui vit ici, cela saute aux yeux. Le tiroir de la commode contient une clé argentée de bonne taille ! Elle a un panneton en forme de η, la lettre grecque, alors je la note en **Trouvailles** comme la clé η, « êta ». Au coin, un lavabo d'angle et une grande cruche à large anse et bec. Elle permet de verser, puis de se passer de l'eau sur le visage. Sur les murs, je contemple un instant une collection de gravures d'animaux, des loups et d'autres carnivores des légendes : la louve de Romulus et Rémus, les chiens noirs des légendes, la bête du Gévaudan... Ne dit-on pas que l'homme est un loup pour l'homme ?
Au fond de la chambre, une porte de bois foncé raffinée, décoré de carreaux cathédrale multicolores est entrouverte sur la **salle de bain.**

I – Cela ne fonctionne pas.

II – Je ramasse un cheveu gris près de l'oreiller : le professeur dort bien dans cette chambre. Heureusement qu'il n'est pas présent. Mais il faudrait peut-être que je me presse de sortir de là et de retrouver le Dr Watson.

III – Rien d'autre à dire concernant cette chambre.

La salle de bain

Des serviettes, une grande vasque, un nécessaire pour se raser. Une très jolie baignoire à pieds de lion. Et un radiateur de forme spéciale pour sécher les serviettes. Il y a même une balance dernier cri. Un très beau modèle de chez Salters. Il faut monter sur un plateau décoré d'un motif à fleurs victorien et, alors, une longue aiguille ornementée indique le poids sur l'énorme cadran. Allez, j'essaie, je monte dessus. 75 kg ! Mais franchement, qu'est-ce que je suis en train de faire ici ? Il y a un petit calepin vert derrière la balance. Alors ça, c'est amusant, le grand Pr. Moriarty s'inquiéterait-il de son poids ? Il le note chaque jour (**Petit calepin vert, Documents, p. 226**).

I – Je n'ai rien d'autre à noter.

II – Après examen minutieux, je pense qu'il y a une légère fuite d'eau sous la baignoire. C'est une « Escape Bathroom » sans doute. Plus utile, la balance a des traces de chaussures et ce ne sont pas les miennes. Qui se pèse habillé chez soi ? Personne. C'est aberrant.

III – Rien ne se passe.

La chambre d'ami

C'est une pièce qui ressemble à la chambre en plus petit. Le lit a été refait tout propre, je sens encore le parfum de lavande. La lingère a déposé un pantalon chic parfaitement repassé sur le lit. Je fouille les poches à tout hasard. J'ai bien agi, car un carton a été oublié là par son propriétaire. Au recto, il y a l'adresse d'un célèbre club de jeu de cartes, le Bagatelle. C'est un club plutôt « select », réservé aux gentlemen qui jouent gros. Au verso, il est écrit dessus d'une écriture nerveuse que je ne connais pas : « Jack Hogier est K, Alexandre le Grand est la fin, Dame Judith L aussi, Club est Diamants. » Voilà une phrase qui est bien mystérieuse. Quelqu'un a laissé son chapeau posé sur la chaise : c'est un haut-de-forme distingué... En me baissant, je trouve un petit outil qui a dû tomber et rouler sous le lit. C'est une sorte de petite balayette cylindrique au bout d'une tige métallique. Ses poils rigides sont recouverts de graisse, cela sert à nettoyer les pistolets. Je remarque un symbole gravé sur le manche : « ι ». Depuis le début, j'ai croisé beaucoup de lettres grecques, s'agirait-il du « iota » ? Je la rajoute à mes **Trouvailles**.

I – Rien ne se passe.

II – Je trouve un poil de moustache gris et frisottant dans le lavabo de la chambre. Ça ne m'avance pas beaucoup. À l'intérieur du chapeau, en tout petit il y a cousu : « Col. Moran ». Je connais ce nom, ça me dit quelque chose.

III – Toujours rien qui me permette d'y voir plus clair.

Le dressing

C'est une pièce étroite et tout en longueur qui dessert d'immenses armoires et placards du sol au plafond. Ils contiennent les vêtements du professeur. Je remarque qu'il ne s'embarrasse pas de la mode : du noir et des chemises à col blanc. Il a carrément des tenues entières en plusieurs exemplaires ! Il ne doit pas aimer se demander comment il s'habille le matin. Pas de fantaisie, pas de perte de temps : de l'efficacité. En fouillant, à travers les cintres et les piles de pantalons, je constate d'après les tailles que le professeur est plutôt grand et maigre. Il doit peser dans les 74 kg. Et il a un tour de tête conséquent : ses chapeaux sont larges. Dans une poche, je trouve un marque-page mystérieux sur lequel il est écrit : « Le Soleil ne se couche jamais sur l'Empire britannique. Quand il se lève au pays du Dieu-Soleil, tout s'éclaire. »

I – Cela ne fonctionne pas.

II – À la loupe, j'observe qu'il doit se tenir un peu voûté. Les marques d'usure réparties sur le dos et les épaules ne trompent pas mon œil averti !

III – Je ne vois rien d'intéressant.

La bibliothèque

Mon Dieu ! quelle bibliothèque ! C'est bien simple, tout un pan du mur est recouvert de rayonnages en bois de chêne supportant une abondante collection de livres. Il y a des traces d'usure sur la reliure des livres et peu de poussière. Ce n'est pas une bibliothèque d'apparat, uniquement pour faire joli dans la maison et paraître cultivé auprès de ses invités. C'est un outil de travail.

Au milieu de la pièce trône un magnifique globe terrestre sur son support en bois. Les pôles Nord et Sud sont représentés comme une terre encore inexplorée, de même que le centre de l'Afrique, qui n'est pas précisé. Dire que des explorations partent de toutes les grandes nations pour finir de tracer les cartes ! Bientôt, il n'y aura plus de territoires vierges sur ce globe. Déjà les expéditions rivalisent pour atteindre les pôles Nord et Sud. Quelle époque passionnante nous vivons ! Si je n'étais pas policier, sans doute que la vie d'explorateur me tenterait ! Ce globe est superbe. Je ne peux m'empêcher de le faire pivoter pour l'admirer. Au moment où je le tourne,j'entends parfaitement un clic mécanique. Diable ! qu'est-ce que c'est ? J'espère que je n'ai rien abîmé.
Il y a une lampe électrique avec une ampoule Edison à côté posée sur un guéridon. C'est trop encombrant pour l'emmener, mais elle a un autre usage intéressant. Si je l'allume cela projette une ombre franche sur le globe. Très réaliste, on dirait vraiment la Terre éclairée par le Soleil.

. Planisphère . 1891 .

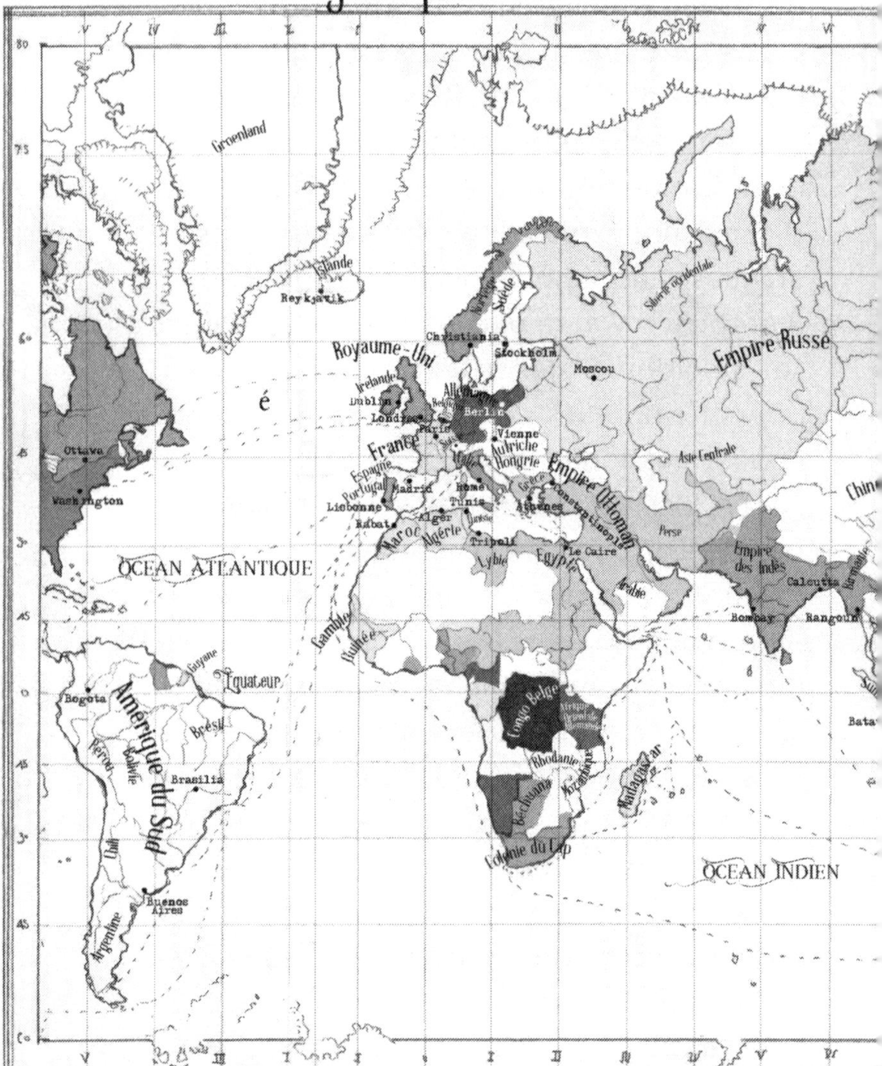

Je tourne le globe, un autre clic se fait entendre. Il y a un mécanisme, c'est certain. Je le note à α **alpha** comme l'angle de rotation du globe. Quand je tourne le globe, l'ombre, qui correspond à la limite de la nuit et du jour, le matin, se déplace. Voyons en associant les différents numéros des méridiens sur le plan et le globe-Soleil, peut-être vais-je trouver quelque chose. Allons voir du côté des **Codes numériques, p.189**.

Je délaisse le globe et parcours rapidement les linéaires. Bien visibles, placés face au visiteur et non sur la tranche comme les autres livres, le mémoire de « La dynamique d'un astéroïde » et l'original du *Traité sur le binôme de Newton*, par le Pr. James Moriarty bien sûr... Il a écrit ce dernier à 21 ans ! Comment un homme aussi précocement intelligent peut-il être aussi un malfaiteur d'envergure ? Pour beaucoup de gens, il est au-dessus de tout soupçon. Il y a évidemment d'autres livres de mathématiques et d'astronomie, notamment Simon Newcomb et George Boole. Je feuillette l'ouvrage de ce dernier. Il est l'inventeur de l'algèbre binaire, nommée algèbre « de Boole » ou « booléenne » en son honneur. On y utilise que deux chiffres : 0 et 1 ! Quel génie ! Les savants disent que cela est plus facile pour inventer des machines à calculer. Ça me dépasse...

Je découvre aussi, étonné, plusieurs annales ou compilations d'énigmes et de récréations mathématiques, **Documents p.216**. Tout cela me paraît bien innocent. Et si Sherlock se trompait ? Le professeur est peut-être vaguement excentrique, mais rien d'affolant. Je dirais même que cela m'a l'air normal pour une personnalité de son envergure. Ne dit-on pas qu'il n'y a point de génie sans un grain de folie ?

Parmi les livres trouvés, un peu moins visibles, j'en repère deux qui dénotent.

D'abord, *Vie et récit de feu Jonathan Wild, collectés de sa propre bouche et d'archives de sa propre main*, 1725, par Daniel Defoe. C'est un récit biographique sur un malicieux criminel londonien. Cet escroc faisait croire aux crédules victimes des vols et à la police de l'époque qu'il pourchassait les voleurs et retrouvait les objets volés ! En fait, c'était lui qui chapeautait un réseau de voleurs et prenait 10 % de commission sur le butin ! Un manipulateur et maître chanteur

remarquable qui a fini pendu quand les gens ont enfin ouvert les yeux sur son trafic.
Ensuite, *Le Gros Gibier de l'Himalaya occidentale*, 1881, par le colonel Sebastian Moran. Un livre qui parle de chasse au tigre et aux fauves dans les régions du nord de l'Inde. Son auteur est un militaire de l'armée des Indes qui semble être un chasseur sans peur et un tireur remarquable.

I – Cela active un jeu de lumière magnifique qui explique la révolution de la Terre autour du Soleil.

II – Je me rappelle les leçons de Sherlock Holmes sur les meubles qui cachent un passage dérobé et je regarde attentivement au pied du meuble, à la recherche d'une trace d'usure, d'une traînée suspecte qui trahirait une ouverture. Je ne vois rien de semblable.

III – J'entends un déclic plus sourd. Le globe s'ouvre en deux au niveau de l'équateur et révèle un intérieur creux. Dans cette astucieuse cachette se trouve une petite clé en laiton à la tête en forme de ε que j'ajoute à mes **Trouvailles**.

Le bureau

Le bureau est méticuleusement rangé. Les piles de papiers bien alignées n'ont rien à envier aux

plumes nettoyées, posées à côté des encriers rebouchés avec soin. Le professeur m'a tout l'air d'être un peu maniaque. Je suis fasciné par un petit globe terrestre et une maquette à l'échelle de la Lune qui lui servent à expliquer la mécanique céleste à ses étudiants. Une lampe à pétrole diffuse un éclairage correct. Je l'emporte dans mes **Trouvailles.** Ah ! maintenant j'ai quelque chose pour éclairer mon chemin.
Derrière le bureau, un fauteuil simple en cuir plutôt commun, usé par le temps. En face, deux fauteuils en cuir également pour les visiteurs. Je repère facilement un cordon pour appeler les domestiques, comme les sonnettes en bas me l'ont suggéré.
Le professeur mérite bien son titre. Un très grand tableau noir à rabats occupe un mur de la pièce. Une partie est occupée par des formules mathématiques que mes connaissances limitées ne me permettent pas de comprendre.
Je vois aussi sur un rabat une partie marquée « Henri Dudeney » avec deux colonnes d'opérations qui me paraissent enfantines à première vue :

Henry Dudeney

19 683 = 27 × 27 × 27	27 = 1 + 9 + 6 + 8 + 3

C'est si élémentaire que je conçois mal l'intérêt. Un amusement purement cérébral sans doute ? Seules notes décoratives dans cet univers purement intellectuel, un tableau avec une jeune fille portant dans ses bras un agneau. Il me semble que c'est un tableau du XVIIIe siècle de Jean-Baptiste Greuze. Mais je sais que ce tableau a été volé et qu'il vaut dans les 4 000 £. En regardant attentivement, je conclus rapidement que c'est une copie. Voilà qui contredit fortement les soupçons de Sherlock Holmes !
J'ouvre indiscrètement les tiroirs du bureau : les factures courantes, les émargements du professeur, de la correspondance avec diverses universités européennes. Plus intéressant, l'agenda du professeur. Je vois des rendez-vous réguliers le matin avec une Miss Peekbroke. Ha, ha ! Serait-ce un rendez-vous galant ?
Dans le dernier tiroir, un certificat d'appartenance à la Société zoologique de Londres et un

passe-partout au nom de James Moriarty. C'est un privilège pour les membres de l'association zoologique pour visiter le zoo de Regent's Park aux heures de fermeture au public. Rien d'intéressant pour mon enquête, je pense. Il a le droit d'aimer les animaux !
Par contre, je trouve enfin une loupe qui me sera très utile. Dans ma précipitation à répondre à l'appel de Sherlock Holmes, j'ai oublié la mienne à Scotland Yard. C'est pourtant l'instrument indispensable du détective. J'ajoute cette précieuse loupe à mes **Trouvailles**.
Dans la corbeille à papier, je trouve une partition recopiée à la plume.

l'oiseau sera prêt jeudi

Enfin un cordon de sonnette. Si je tire dessus, je pense que cela sonnera à l'office. J'essaie et en effet j'entends un « ding » qui provient de l'étage du bas.

I – Rien à signaler.

II – Au tableau, Sur la partition, il est écrit en petit de la main Moriarty : « l'oiseau sera prêt jeudi ». Je me demande si ce sont les paroles de la chanson ou si cela a un autre sens.

III – Aucun effet. Je n'ai plus qu'à tenter autre chose.

L'ascenseur, 1er étage

À l'intérieur, c'est comme une pièce cossue mais étroite. Du bois et du tissu sur les murs. Le panel de commande est tout d'un joli métal jaune, bien astiqué. Le laiton brille bien quand le ménage est bien fait ! Le fabricant a écrit son nom en lettres gravées : « Boole ». Je connais surtout « Otis », du nom d'Elisha Otis, le fameux inventeur américain du frein d'urgence pour monte-charge. Il a donné son nom à la célèbre marque d'ascenseurs. Il n'y a que deux boutons ronds. Le premier est gravé d'un 0, ou alors un O majuscule, je ne sais pas. À ma décharge, en Angleterre, on met souvent « G » comme *ground* pour le rez-de-chaussée. Et le second au-dessus d'un 1, là c'est le chiffre sans ambiguïté. À côté, une fente pour une petite clé. Pour la maintenance peut-être ? J'espère qu'il n'est pas capricieux : je n'ai aucune envie de me retrouver coincé dedans.

Je peux simplement appuyer sur le 0 ou alors enfoncer le bouton 1, ou jouer la complication et réaliser des combinaisons avec des objets que j'aurai découverts. Je peux toujours essayer d'appuyer sur les boutons sans avoir de clé... Pour tout cela, je me rends à la table des **Combinaisons de l'ascenseur.**

Je me note que je peux revenir dans l'ascenseur depuis le 1er étage.

I – Me voici encore au 1er étage. Je peux bien sûr continuer mon exploration à cet étage.

II – Rien de spécial derrière les lambris en bois de l'ascenseur ou au plafond. Quelques marques de doigts sur les boutons, mais ce n'est pas étonnant. Je remarque aussi des éraflures près du trou de serrure, ce qui indique clairement que cet ascenseur est souvent mis en marche avec une clé.

III – L'ascenseur s'ouvre et débouche directement dans une pièce que je ne reconnais pas du tout. C'est le bureau secret et je suis arrivé au **2e étage**. Je me félicite de mon astuce, respire un grand coup et j'y vais !

Maison 2e étage

[Cette partie n'est pas immédiatement accessible.]

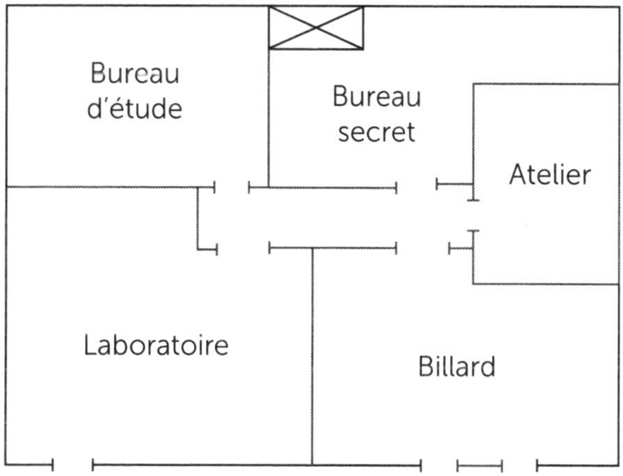

Le bureau secret

La pièce est somptueuse. Rien à voir avec sa petite sœur du 1er étage. Ici, on respire le luxe, le confort et l'opulence. Holmes avait donc raison ! Aucun professeur avec juste 700 £ par mois d'appointements ne peut s'offrir cela. Et pourquoi en cacher l'accès ? Je note que je peux reprendre l'ascenseur ici à tout moment.

Je pénètre à pas feutrés dans l'antre du Pr. Moriarty. Je suis nerveux. Cet homme cache si bien son jeu.
Un confortable siège à roulettes en bois et cuir trône au milieu de la pièce. Devant, c'est un bureau massif en hêtre richement décoré qui impose sa masse volumineuse. Sous-main, stylo-plume de marque américaine, plumes plus anciennes et du papier vierge, rien ne manque pour le travail de bureau. À ma grande surprise, aucun écrit ne traîne. Le Pr. Moriarty, enfin plutôt son côté obscur, le « Mister Hyde », cache bien ses documents ! L'éclairage est fourni par d'onéreuses lampes électriques. Il a les moyens ! Je ne sais que trop bien que des musées ou Scotland Yard voulaient en installer, mais chaque fois les administrateurs ont refusé pour des raisons budgétaires et ils sont restés à l'éclairage au gaz. Tant qu'on est dans les considérations domestiques, je remarque le passe-plat, volet fermé, ainsi qu'une sonnette à côté. Il est très bien organisé, le professeur !
Il y a une vieille gravure en noir et blanc encadrée au mur. Un homme ayant de la prestance,

en uniforme d'officier avec des boutons partout. Je distingue une médaille en forme d'étoile à quatre branches doubles. Je ne peux m'empêcher de regarder attentivement le tableau. Sur le libellé du cadre, je lis alors le véritable nom de famille de Moriarty, un nom qui a été honorable puis sali en son temps et il est suivi d'une date, puis d'une sorte de devise : *« Ce nom ouvre les portes »*.

.William Gastly.
15 janvier 1815

Je m'approche ensuite d'un tableau noir réversible, comme à l'école. Mais pas de formules ou de raisonnements mathématiques cette fois. Tout a été soigneusement effacé, d'ailleurs une brosse et une éponge servent à cet usage. Sur le rabat, une liste de mots est écrite à la craie. Je frissonne. « Sherlock » figure en premier ! Ce ne peut pas être une coïncidence. Que signifie cette liste de mots macabres ?

SHERLOCK = 91 NUISIBLE INSPECTE EMPIÉTER
EMPIRAIT DÉSASTRE ARSÉNITE BOUCHERS
CROCHETS DYNAMITE ENSEVELI REPAIRES
MANIPULE VENDETTA

Je ressens une peur sourde, qui monte de mon estomac. Je déglutis. Ce n'est pas qu'un jeu, l'homme qui travaille dans ce bureau est réellement machiavélique. Le professeur se joue de nous comme avec une énigme mathématique. Sherlock Holmes n'est pour lui qu'une variable à éliminer dans une équation plus globale où la vie d'un homme ne doit pas peser bien lourd. Je réalise la froideur calculatrice du raisonnement à l'œuvre dans tout cela.

Je ne suis pas au bout de mes surprises, car je revois le tableau de la jeune fille à l'agneau. Ce coup-ci, l'effet est différent, le cadre et la patine de la peinture ont l'air plus anciens. Je comprends alors que j'ai affaire à l'original. Celui du 1er étage n'est qu'une copie. Je m'approche pour soupeser le poids du tableau, et il pivote sur son angle droit. La surprise passée, je pousse le tableau sur le côté : un coffre-fort Chubbs ! La marque londonienne est bien connue pour sa résistance et sa qualité. La combinaison est formée de deux cadrans chiffrés de 00 à 99. Je ne suis pas au bout de mes efforts ! Avec les deux cadrans, je peux donc essayer des combinaisons. Sous les deux cadrans, le signe κ, pour « kappa ». Serais-je « kappa-ble » de l'ouvrir ? Hum... désolé, le stress, il faut que je décompresse un peu. Quel peut bien être le code ? Quel est le moyen de Moriarty pour s'en souvenir ?
Je parcours encore du regard un meuble bibliothèque. Des ouvrages pratiques sur la géographie, la géologie, des références scientifiques et zoologiques. Même un livre d'études sur le loup...

Le bureau n'a aucune fenêtre. Il donne sur un petit couloir.

I – Il y a de l'idée, mais cela ne fonctionne pas. Persévérons !

II – Les détails de la médaille sur la gravure deviennent lisibles. Trois couronnes à l'intérieur d'un bandeau rond rouge cerclé de lauriers verts. L'inscription en cercle dit *Tria Juncta In Uno*, « Trois réunis en un ». C'est une allusion à la réunion de l'Irlande, l'Écosse et l'Angleterre pour constituer le Royaume-Uni. C'est l'ordre des Chevaliers du bain, une prestigieuse distinction. Vu la date de la photo, c'était du temps où elle n'était réservée qu'aux militaires. Serait-ce un parent du professeur ?

III – J'entends le déclic caractéristique du déverrouillage. Je n'ai plus qu'à tourner la clenche... Victoire ! Je suis si content. C'est bien joué ! La combinaison était un code numérologique plutôt simple : la somme des lettres du prénom et puis du nom. Seulement lequel prendre ? Un savant admiré du professeur ? un de ses collaborateurs ? un ennemi ? ou tout simplement sa seule famille connue ? Le William Gastly de la photo était en tout cas la bonne réponse. Je trouve un épais registre qui sert à la fois de livre de compte et de registre du personnel. La couverture est en cuir noir discret, banal presque, délicatement orné du B stylisé en β à la dorure. B comme Bertrand l'imprimeur. Il est soigneusement rédigé à l'encre bleue d'une écriture déliée et ronde très féminine. Je suis presque déçu avant de comprendre la valeur de ce document. En effet, j'ai accès à une liste complète des dépenses et revenus de Moriarty. Et là je réalise l'ampleur de ma découverte. S'il ne s'agissait que de Moriarty ! Mieux, il y a là les frais engagés pour les opérations criminelles du réseau Moriarty ! Pots-de-vin, achat de matériel, d'armes, trafics en tout genre. Je parcours rapidement les pages, impossible de tout noter, de tout mémoriser. Dans une autre partie du registre, sous la rubrique « Personnel », je recense un index de personnes. Certaines me sont connues. Voir leur nom dans ce registre me glace d'effroi. Comme Sherlock Holmes me l'avait dit, il y a bien là les noms de certains policiers ou Inspecteurs du Yard et même un ou deux juges ! À côté des patronymes, il y a des montants et parfois des petites croix.

Je reconnais ce dernier nom, Bowers, c'est un petit délinquant qu'on a repêché noyé dans la Tamise il y a à peine deux jours.

Je n'ai pas besoin de réfléchir longtemps. Il faut que j'emporte ce document avec moi. Il pèse un bon poids, mais tant pis, sa valeur est trop importante. Avec ce registre, j'ai de quoi faire tomber tout le réseau criminel ! Je le note dans mes **Trouvailles**, sous le signe de « bêta », comme le logotype de l'imprimeur.

Le couloir

Le couloir donne sur l'**atelier**, le **laboratoire**, une **porte fermée** et la **salle de billard.** Je m'avance prudemment, car j'appréhende à chaque pas de déclencher un piège. Au mur, côté ascenseur et bureau, un dispositif en forme de cadran chiffré permet de choisir un nombre entre 50 et 100. Il est réglé sur 74 en face d'une marque qui ressemble à **µ**. Qu'est-ce que cela signifie ? Je note ce cadran du symbole µ, « mu ». Je regarde autour, il n'y a aucun autre mécanisme. Je le tourne vers la droite, il ne se passe rien. Je le tourne vers la gauche, toujours rien de notable ! Serait-ce un thermostat pour le chauffage ? 74 °F (degrés Fahrenheit), ça fait 23 °C (degrés Celsius). Mais je ressens une chaleur bien moindre dans ce couloir. Il fait 18 °C environ. Non, je fais fausse route. Dans le doute, sauf si je le veux, je le remets sur 74.

I – Bof !

II – L'escalier qui arrivait là a de toute évidence été enlevé. Des traces de peinture et une rupture nette dans le parquet l'attestent.

III – Rien.

L'atelier

C'est une petite pièce avec un capharnaüm d'outils et d'instruments divers, dont certains pendent même du plafond. Je reconnais des piles Volta, de quoi souder, des bobines de cuivre, des électroaimants, des mécanismes d'horloge. Il y a quelques machines dont je suis incapable de comprendre la fonction. Une table centrale sert apparemment d'atelier pour construire et confectionner des mécanismes. Au coin de cette table, un livre de 1867 de Robert Houdin, *Le Prieuré, organisations mystérieuses pour le confort et l'agrément d'une demeure*, est ouvert sur une page qui parle de mécanismes automatiques pour ouvrir des portes ou évaluer la présence de courrier dans la boîte aux lettres en pesant ledit courrier sans se déplacer. Tout cela m'a l'air d'être une fantaisie de romancier.

Cependant une de ces mécaniques étranges sur la table me contredit d'évidence. C'est un objet bricolé par le professeur, entre le pèse-lettre et le pèse-personne. Il est relié à une ampoule. À côté, je vois une petite poupée d'argile dans une boîte qui comporte d'autres petits objets anodins. Je mets le mannequin de terre dans le support qui sert à peser. Et là, l'ampoule s'éclaire. Je la retire, elle s'éteint. J'essaie avec tous les autres objets, qui sont tous de poids différent, je le sens bien en les soupesant dans la main, et jamais l'ampoule ne s'allume. Intéressant. Je pourrai passer des heures à essayer chaque appareil bizarre de cette pièce, mais je n'ai pas le temps et il faut avouer que ma compréhension de ces mécanismes est limitée. J'ai pu en voir certains à l'œuvre dans la maison. Je me dois d'être particulièrement prudent dorénavant. Ce qui me choque surtout, c'est un corbeau noir empaillé sur un tronc qui lui sert de socle. Je n'aime déjà pas les animaux empaillés, même si cela est une décoration courante chez les amateurs de chasse, et Dieu sait qu'ils sont nombreux à notre époque ! Mais là, c'est incongru, au milieu de toute cette science.

J'ouvre divers tiroirs, et je constate que divers modèles de minuscules sacoches en cuir ont été fabriqués. Leur modèle est bizarre, complètement inapproprié pour un humain, même à la taille d'une poupée. Moriarty est devenu couturier pour les fées ou quoi ? C'est ridicule. J'en ouvre une et trouve un petit galet rose ! De mieux en mieux.

I – Rien à signaler.

II – On a poli le petit galet rose, qui a été patiemment érodé à la meule. À la loupe, les traces sont visibles.

III – Bon, je n'ai rien à voir de plus ici, passons à la suite.

Le laboratoire

Les murs de la pièce sont recouverts d'un carrelage simple et fonctionnel. Le parquet a été abîmé par divers accidents, car il est constellé de taches de couleurs et de tailles variées. Je sens une odeur de produits chimiques entêtante. Plusieurs odeurs en fait, j'aurais du mal à reconnaître lesquelles. Sur une patère à droite de l'entrée quelqu'un a laissé accrochée une blouse blanche de chimiste et un masque à gaz de fabrication écossaise.

Une paillasse de chimiste, que je reconnais à son robinet d'eau et surtout à son bec Bunsen, soutient un microscope à lentilles amovibles et une balance de précision. C'est une très jolie balance au lourd socle de fonte. Elle supporte deux coupelles en laiton jaune au bout de son balancier. Une collection de tous les poids nécessaires est soigneusement rangée dans l'ordre, le tout à l'intérieur d'un coffret en bois de noyer.

Tout un côté de l'atelier est un rangement en bois exotique qui couvre toute la paroi. Il soutient une trentaine de niches contenant divers fioles, flacons, burettes au contenu étrange, liquide, solide ou gazeux que je ne m'aventurerais à ouvrir pour rien au monde. Justement, je n'ai nul besoin de faire cela. Un cahier d'expériences à la couverture rouge relate le bilan de curieuses recherches. Je le parcours et note quelques indications que je pourrai relire plus tard dans le **Cahier rouge, Documents, p.227**.

J'entends un petit grattement suspect, alors je m'approche avec circonspection de l'origine du bruit. Cela recommence. J'ouvre un placard mural pour constater avec effroi la présence de cinq cages contenant de petits rongeurs. Certains ont l'air mal en point, voire mourants. Chaque cage est numérotée. La cage 1 contient des rongeurs en bonne santé, ce sont eux qui

ont fait le bruit qui m'a attiré. La cage 2 contient des rongeurs dans des états variables, je dirais malades. La 3 a des petites souris dans un état léthargique, elles bougent au ralenti. La boîte 4 a des mulots inanimés mais qui semblent encore respirer lentement. Quant à la niche à barreaux 5… l'odeur ne ment pas. Ils sont tous morts.
Je ne me sens pas bien et je ressors rapidement de cet antre de savant fou !

I – Rien.

II – Je trouve une grille d'aération en hauteur. Trop petite et hors d'atteinte pour jouer les filles de l'air, j'en ai peur !

III – Rien.

Une porte fermée

Cette porte ressemble plus à l'ouverture d'un coffre-fort gigantesque. Je passe ma main dessus, la sensation de froid évoque tout de suite le métal. Il y a un petit panneau avec des chiffres en guise de système de verrouillage. Il est gravé de la marque Dudeney, que je ne connais pas de réputation. J'ai pourtant une bonne mémoire des divers fabricants de coffres et de blindages.

Je note son aspect qui me rappelle la lettre grecque **Ω**, « oméga ». Chaque chiffre de 1 à 9 a son propre bouton que je peux presser. C'est le code numérique de la porte. Cela me semble irréel, mais Moriarty semble vouloir cacher ses secrets derrière cette porte. Comment pourrais-je en connaître la combinaison ? Les gens mettent souvent une date de naissance ou de mariage, ce qui n'est pas bien malin, il faut le dire. Mais cet homme n'a pas de famille, je n'ai vu quasiment aucune photo dans l'appartement. Réfléchissons autrement, qu'est-ce qui intéresse le professeur et dont il pourrait se souvenir facilement ? Des chiffres qui auraient des propriétés remarquables ? une curiosité mathématique ?

I – Rien à dire.

II – J'essaie de discerner si des chiffres révèlent une trace de doigts récente et d'autres pas. C'est difficile à voir. Je pense que le 1 n'est jamais utilisé, contrairement au 5, qui présente une belle trace de doigt.

III – J'entends un cliquetis. Des verrous font jeu. Puis, il ne se passe rien. Encore un nouvel échec ? Je pousse la porte métallique. Elle s'ouvre ! C'est un succès, je peux maintenant entrer dans le **bureau d'études**. Ce n'était pas une marque qui était gravée, mais l'inventeur d'une récréation mathématique !

Le bureau d'études

[Cette pièce est inaccessible tant que la porte est fermée.]

Ah, enfin, je passe la lourde porte fermée avec curiosité et, je dois le reconnaître, un peu d'appréhension. C'est une sorte de bureau d'études. Je reconnais là les tabourets pivotants et les tables à dessin inclinées qu'on voit chez les géomètres, les ingénieurs et autres dessinateurs techniques. Quels plans machiavéliques ont déjà été échafaudés dans cette pièce ? Un frisson me parcourt le corps. Je réalise soudainement, dans cette pièce, tout l'esprit méticuleux, prudent, précautionneux à l'œuvre dans cette maison. Je suis peut-être le grain de sable imprévu qui va enrayer ces plans diaboliques. Le fait que j'aie pu entrer ici le prouve, non ? À cette pensée, je reprends courage.

Plusieurs plans sont déroulés et d'autres sont entreposés en réserve dans des tubes. Je repère avec fascination des plans d'armes diverses. Certains portent la mention ou le tampon du ministère de la Guerre.

Je ne savais pas dans quoi je mettais les pieds, mais désormais je sais que je suis vraiment en danger. Ma vie ne pèse pas lourd face à de tels enjeux. Je respire un grand coup et réunis mon courage pour poursuivre mes investigations. Les autres rouleaux sont des plans de bâtiments et d'infrastructures. D'abord différents plans et études de projets de construction de tunnels de métro. Il y a là le détail des projets d'expansion de plusieurs lignes du métro londonien, par différentes compagnies de transport. Ensuite, dans un autre tube, un guide touristique des tours de Londres, **Documents, p.208**. La vieille forteresse construite par Guillaume le Conquérant après la conquête de l'Angleterre semble intéresser le professeur, particulièrement la tour Wakefield, qui conserve les… oh mon Dieu ! *God save the queen* ! C'est le cas de le dire. Les joyaux de la Couronne ! L'exposition… J'essaie de me calmer.

Non, ce n'est pas possible. La tour est gardée en permanence par un corps spécial d'anciens militaires triés sur le volet, tout le monde le sait. Personne n'oserait...

I – Il ne se passe rien.

II – Je tombe incidemment sur une note de service sur les essais d'une arme chimique adressée à un certain « M ». Voilà qui expliquerait l'impunité dont s'est plaint Sherlock Holmes. Moriarty développerait en secret des armes pour le gouvernement ? Qui est au courant ? Mycroft, le frère de Sherlock, pourrait sans doute nous en dire plus sur le sujet ? On dit qu'il n'est pas qu'un simple auditeur financier et que son rôle au sein du gouvernement est bien plus important.

III – Vraiment rien de rien.

La salle de billard

L'atmosphère ici contraste avec les autres pièces. C'est un salon à l'atmosphère masculine. Je sens encore des effluves de tabac de luxe. Les fauteuils sont profonds et confortables. Deux verres à cognac ont été abandonnés là sur un plateau d'argent près du billard. Le billard lui-même, un modèle anglais avec les boules jaunes et rouges, tout en noyer avec une marqueterie, est superbe. Sur une table ronde, une desserte avec des alcools forts en carafe de baccarat et quelques verres somptueux. Le manteau de la cheminée est finement décoré de motifs et l'âtre a servi. Je remarque les braises encore chaudes. À côté, un tisonnier et une pincette à braises luxueux. Je m'approche du foyer et voilà... des papiers ont été brûlés, les cendres noires le prouvent. Je trouve un petit bout de papier carbonisé, à la limite d'être illisible. Je peux le lire en **Documents**. En outre, il me semble manifeste que des correspondances secrètes sont échangées sur place. Je note également une table d'échecs en acajou avec des pièces d'ivoire. J'ouvre le petit tiroir d'une écritoire. Il y a une réserve de jeux de 52 cartes. Des dizaines de paquets de cartes à jouer de marque française... comme celles de la vitrine ! Mais bien sûr, le professeur code lui-même ses messages, ici dans cette pièce, et les transmet sous pli au magasin Bailey.

J'ouvre un paquet pour vérifier le contenu : les cartes ne sont pas mélangées. Au contraire, elle sont soigneusement triées par couleur. Les trèfles ensemble, puis les carreaux, ensuite les cœurs puis enfin les piques. Pour chacune de ces couleurs, l'ordre est le même. D'abord l'as, puis le deux et ainsi de suite jusqu'au 10, Valet puis Dame et Roi. Ce qui est vraiment étrange, c'est pourquoi utiliser un jeu d'origine française ? Qu'ont-ils de plus que nos jeux anglo-saxons ? Les figures ne sont pas les mêmes. Elles ont des noms. Mais quelle importance ? Un dernier regard, je vois un livre de Daniel Defoe avec son marque-page. *L'Histoire de la vie remarquable de John Sheppard.* Un voleur connu pour ses évasions spectaculaires. Tout un programme !

I – Il ne se passe rien.

II – Je note tout de suite une fine couche de poussière sous les meubles. Par rapport aux autres étages, on devine tout de suite que la femme de ménage ne doit pas souvent passer le chiffon.

III – Rien à signaler.

L'observatoire

[Cette partie n'est pas immédiatement accessible si vous n'avez pas résolu l'énigme de l'ascenseur.]

L'ascenseur débouche directement dans une sorte de tourelle surmontée d'un toit en cloche tout rond : l'observatoire. C'est un joli arrangement architectural couplé à une pièce tout à fait fonctionnelle pour l'observation du ciel. La lumière entre par de petites vitres tamisées. Je songe immédiatement à pouvoir sortir par les toits. Mais on est un poil trop haut pour sauter ou s'enfuir par le toit, qui est dangereusement en pente. Je n'ai pas envie de me rompre le cou !
À un endroit de la voûte, le toit comporte un volet qui s'ouvre sur le ciel. Le froid de la nuit entre et ce n'est pas très agréable. C'est bien trop étroit et haut pour que je puisse espérer y passer. Une magnifique lunette astronomique est montée sur un trépied. C'est un instrument mécanique et optique de grande qualité de chez Carl Zeiss, tout de métal peint en noir et de laiton doré du plus bel effet. Le professeur doit être un passionné d'astronomie à ses heures. Il est vrai qu'il est connu pour avoir écrit une étude sur la trajectoire des astéroïdes. Il est donc normal qu'un de ses passe-temps soit l'observation des astres. Là aussi, il y a un carnet, noir, avec des

notes écrites de la main même de Moriarty. Rapidement, je vois qu'il s'agit de calculs, de degrés et de notes pour faciliter l'observation astronomique de la Lune, de Vénus ou de Jupiter et ses satellites (**Documents, p. 227**). Par curiosité, je jette un œil dans la lunette ; mais elle ne vise rien de particulier. Il faut dire que le ciel est en mouvement permanent et qu'il est particulièrement brumeux ce soir ! Qu'est-ce que je m'attendais à voir ? Des Sélénites en train de danser ?
Le reste de la rotonde comporte un placard de bois fermé à clé nommé **τ** en l'honneur de l'étoile Tau-Ceti. Je retrouve également le passe-plat que j'ai pu voir dans d'autres pièces. Ingénieux. Le clapet de ce dernier est fermé. Je peux reprendre l'ascenseur pour repartir.

I – Rien à dire.

II – Je m'amuse à regarder dans la lunette astronomique avec la loupe, c'est fatigant pour les yeux. La serrure du placard est grasse. Elle a été huilée récemment. Elle devait gripper.

III – La porte du placard s'ouvre sans problème avec la clé bien astiquée. Qu'y a-t-il à récupérer dedans ? Un almanach *Whitaker's* de cette année 1891 avec son marque-page positionné à la page pour les observations astronomiques. J'ai comme un flash. Le souvenir que Fred Porlock, l'informateur de Sherlock au sein de l'organisation Moriarty, utilisait ce livre pour coder ses messages. D'instinct, je me convaincs que je peux en avoir besoin et je le mets dans ma poche (**Documents, p. 224**).

Le niveau secret

[C'est un niveau secret, alors je ne lis que si j'y suis explicitement arrivé.]

Ouf ! J'ai fini de descendre. Je suis arrivé bien plus bas que la cave, ça, c'est certain. La cabine n'a pas fini de se stabiliser mais semble encore bouger, comme si elle était amortie ? Des vérins ? Elle s'enfonce un peu plus dans le sol. Je dois effectuer un test. À quelle valeur est **µ** si je l'ai trouvé ou change ? Un petit coup d'œil dans les **Codes numériques** me dira quoi faire.

I – J'entends clairement un enclenchement. La porte s'ouvre enfin et je débouche dans le **sas**.

II – Rien à signaler.

III – J'espère que je n'ai rien oublié et que je n'ai pas sous-estimé le poids de certains indices ! Je me rends en **MORIAR-1**.

Sas

[Cette partie n'est accessible que si vous avez trouvé comment venir ici.]

Je sors enfin de cet ascenseur mortel, abasourdi. Je suis descendu dans une pièce très propre, aseptisée presque. Fabriquée. Le sol et le plafond sont recouverts de métal, je me croirais dans une machine industrielle pour un peu ! Au fond, j'arrive à une autre porte, très différente. On dirait un sas ou un coffre-fort. En effet, il s'agit d'une énorme porte métallique ronde, encastrée dans le mur à quelques centimètres du sol. Elle a un gros volant en cuivre jaune en son milieu, comme dans les banques. Il y a cinq manettes à côté l'une de l'autre dans le mur. Chacune est associée à une jolie plaque métallique ovale en dessous. Dans l'ordre de gauche à droite y sont gravés les signes suivants :

☉ ☿ ♀ ⊕ ☽

Ces leviers n'ont que deux positions, en haut ou en bas. Pour l'instant, ils sont tous basculés vers le bas. Je peux tourner la manivelle ronde dans la porte, mais comme je m'y attendais un peu, rien ne se passe. Je devrais essayer de comprendre ces symboles et essayer de manœuvrer intelligemment les leviers en utilisant la **Combinaison des manettes**.

I – J'entends comme l'écho d'un mécanisme à ma manipulation. Je me rends en **MORIAR-6** avec espoir.

II – La première manivelle à gauche n'a aucune empreinte de doigts.

III – Je dispose les leviers en interprétant la phrase sibylline de Moriarty trouvée dans son carnet d'astronomie : « Je ne monterai ici que pour voir les planètes. Pas d'étoiles ou de satellites. » On n'observe pas la Terre dans le ciel puisqu'on est dessus, ni la Lune, qui est un satellite, ni le Soleil. J'inspire un grand coup. Un déclic. Puis je tourne le volant dans le sas. J'accède à une nouvelle section, **les souterrains de Londres !**

TROISIÈME PARTIE
Les souterrains de Londres.

Le complexe de Moriarty

La porte du sas déverrouillée, je l'ouvre avec crainte. Cette salle était un piège mortel ! Qui me dit qu'il n'y en a pas d'autres derrière ? Je prends mon courage à deux mains, et j'arrive dans une galerie en brique. Je pense être arrivé dans une sorte de complexe souterrain. J'essuie mes yeux d'un revers de la manche et je respire un grand coup. L'atmosphère est ventilée, ce n'est pas désagréable.
Allez, j'avance !
Cette haute galerie voûtée dessert plusieurs pièces derrière des portes métalliques à l'aspect industriel. Les murs et le plafond sont composés de briques rouge orangé. Une lumière électrique éclaire le tout. Ce qui tombe bien, car ma lampe présente des signes de fatigue, je la laisse donc là. Le sol est d'un ciment commun, couvert de

poussière. Des câbles et de gros tuyaux courent le long des murs. Les portes sont peintes en bleu pour éviter la rouille. Des inscriptions au pochoir donnent des indications sur chaque pièce. C'est froid et fonctionnel. Où suis-je arrivé ? Au cœur de l'organisation de Moriarty ? Sherlock parlait d'une organisation souterraine, il ne croyait sans doute pas si bien dire !

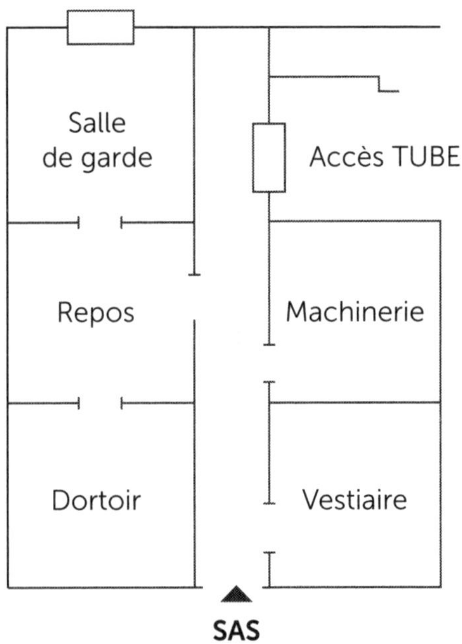

Inutile de dire qu'à partir de maintenant la loupe ne me sert vraiment à rien... ce n'est même pas la peine que je tente de trouver des traces ou des détails dans ces souterrains qui sont trop mal éclairés.

Vestiaire

Cette pièce révèle de nombreux vêtements accrochés aux murs ou à des cintres perchés en hauteur. En fait, il s'agit d'un mélange entre une friperie et les coulisses d'un théâtre ou d'un opéra. Je comprends vite qu'il s'agit d'une fantastique ressource pour les criminels. Un vestiaire de tous les déguisements ou costumes possibles pour perpétuer impostures et forfaits. Les vêtements les plus quotidiens et « passe-partout » le disputent aux uniformes de corporations et métiers les plus divers : gardes, militaires, *bobbies*, livreurs de lait, bagagistes de gare, grooms d'hôtel, et bien d'autres. Sur des étagères, des chapeaux de toutes tailles, du plus miteux au plus élégant, pour homme ou femme. Je vois même le chapeau mou noir, traditionnel et ceint de petits nœuds tricolores, des Yeomen Warders, les célèbres gardes des Tours de Londres.

Je me dis qu'il y a peut-être un lien à faire avec l'inquiétude de Lestrade et ce que j'ai trouvé chez Moriarty. Je soulève le chapeau, de manière machinale. Je vois qu'on a doublé son fond, avec une sorte de calotte de cuir qui couvre le crâne. Un peu comme si la couturière avait voulu rajouter une poche dans le chapeau. Une cachette ? Quelques chaises et un paravent ferment cette partie de la pièce. De l'autre côté, il y a une petite partie bien éclairée dédiée au maquillage et au travestissement. Deux chaises font face à des miroirs sur les murs. En plus de nombreux produits cosmétiques comme des fards ou des parfums, une collection invraisemblable de perruques, fausses moustaches, barbes postiches, et même monocles, est à disposition sur des têtes de mannequin, dans les tiroirs ou des bocaux. Un bocal rempli d'yeux de verre de toutes les tailles et couleurs d'iris me fait particulièrement de l'œil. J'en prends un grand dans ma poche, qui rejoint mes **Trouvailles**, après tout il n'y a pas de mal à voler les voleurs, non ? Tout ceci est bien étrange. Sherlock Holmes est connu pour ses déguisements, mais son meilleur ennemi n'est pas en reste. Le professeur utilise-t-il lui-même cette pièce ou seuls ses hommes les plus malins se griment-ils ici ?

I – Rien.

II – Rien.

III – Rien.

Machinerie

Pour un peu, je me croirais dans la salle des machines d'un bateau. Un puissant générateur électrique bourdonne avec régularité et alimente tout le complexe. Moriarty a tout prévu. Je trouve une clé anglaise que je peux noter dans mes **Trouvailles.** Et une nouvelle **lampe tempête**. Ça tombe bien ! En sortant, je remarque complètement par hasard sur le bas du mur un graffiti à la craie blanche qui représente un château.

I – Rien à signaler.

II – Toujours rien.

III – Non, vraiment rien.

Accès « Tube »

Je ne comprends d'abord pas cette inscription noire au pochoir : « Tube » sur la porte peinte en bleu. C'est ainsi que nous Londoniens appelons notre métro, certes. La porte est plus large et épaisse que les autres et verrouillée par une serrure classique en forme de **ɸ**. Je me dis qu'il faut encore la bonne clé pour ouvrir cette satanée porte !

I – Non, ce n'est pas ça.

II – Cela ne rentre pas.

III – La porte s'ouvre et j'accède au **niveau « Tube ».**

La salle de repos

C'est un foyer où l'on peut se restaurer : quatre chaises, une table centrale et des placards remplis de nourriture. Des piles de conserves et des jambons fumés sont accrochés au plafond. Je ne résiste pas au plaisir de prendre une petite lichette de jambon, toutes ces émotions m'ont creusé. Par contre, je note l'absence totale d'alcool. Pour un repaire de voleurs, c'est du jamais-vu. Le professeur doit être inflexible là-dessus. J'imagine que sa vision d'une parfaite organisation secrète de malfaiteurs ne s'accorde pas avec des complices ivres ! Autre détail incongru, sur la table, je reconnais le jeu de 52 cartes français. Cette fois les cartes servent à jouer ! Je relève quand même cette ligne :

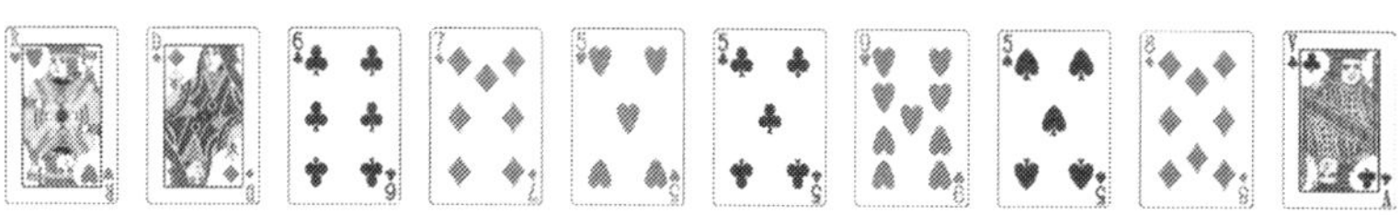

La salle débouche sur deux portes : le dortoir et la salle de garde d'où proviennent respectivement un son de ronflement et un autre de sifflement... Attention, je ne suis plus seul !

I – Rien à signaler.

II – Toujours rien.

III – Rien à voir de plus ici.

Le dortoir

Je me rends compte trop tard du risque que je cours après avoir poussé la porte. Un homme d'une cinquantaine d'années est allongé sur un lit de camp juste à droite de la porte. Heureusement, le ronflement sonore me rassure : il dort profondément. La salle est dans une semi-obscurité. Les vêtements de l'homme sont sur une chaise à côté de lui. Un pantalon bleu à bande noire, une veste à épaulettes plutôt soignée et une casquette assortie. Un déguisement ? Le dormeur se retourne, je me fige sur place. Suspense. Non, il se met à ronfler de plus belle sans que ma présence le gêne. Maintenant je vois son visage : il est moustachu, il sent fort le tabac. Il est vraiment en plein sommeil. J'ose une fouille. Dans la poche de veste, je trouve un bout de papier griffonné et dans celle du pantalon, un outil en laiton. Sa forme en **L** ou **Γ**, entre la clé et une manivelle, me fait penser à ce qu'utilisent les chefs de train pour ouvrir les portes. Je l'ajoute à mes **Trouvailles**.

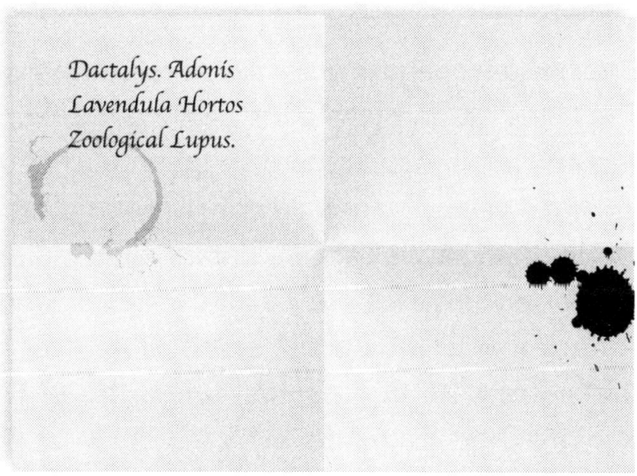

I – Ah ! Non, c'est bon, ce n'est qu'un autre ronflement...

II – Rien à voir de plus.

III – Rien à signaler.

La salle de garde

J'entends quelqu'un siffler à l'intérieur. Je me retiens d'ouvrir et j'écoute un instant, l'oreille collée contre la porte. Oui... encore cet air populaire, « The House that Jack built ». J'écoute encore, il y a au moins un homme dans cette pièce, qui va et vient. Je peux ouvrir, mais je ferais peut-être bien de me préparer à cette rencontre avant d'entrer.

L'homme en chemise qui sifflait se retourne vivement dès mon entrée dans la pièce. Il braque aussitôt vers moi un regard soupçonneux et un revolver Webley Mark 1. Je note l'ironie : c'est le modèle officiel de l'armée britannique. Mais je n'ai pas envie de sourire. Le garde me demande abruptement : « Quel est le mot de passe ? »

De l'autre côté de la pièce, une autre porte, étroite et hors d'atteinte.

Que puis-je faire ? Je réfléchis un instant et je m'apprête à répondre. Je ne peux pas m'enfuir : l'homme est prêt à tirer.

Pour discuter avec le garde, je me rends en annexes, p. 234. J'ai intérêt à trouver le mot de passe si je veux espérer m'en sortir vivant...

I – Rien à signaler, je suis toujours en face d'un homme furieux !

II – Je suis toujours bloqué devant l'homme. Réfléchissons !

III – Toujours bloqué.

Cellule 1

[Je ne peux continuer ma lecture ici que si j'y ai été invité.]

Après s'être emparé de tous les objets que j'avais accumulés depuis mon intrusion dans la maison de Moriarty, le garde ouvre la porte que j'avais vue au fond de la pièce. « Allez, passe devant ! » Nous descendons un escalier. Arrivé en bas, il dit d'un ton sarcastique : « Snitch ! Un nouveau compagnon pour toi. »
Un jeune homme, à l'air sympathique, se redresse. Il est plutôt bien mis de sa personne et bien habillé, mais sa veste semble trop grande pour lui. Il porte une lampe pour éclairer un couloir de cellules plutôt sombre. Il me dévisage un

instant et dit : « Hey Joe, je pourrai remonter, j'ai envie de fumer une cigarette ?

– Non, Snitch, tu restes en bas. Tu surveilles les prisonniers. Le prof est sur les nerfs. Son plan ne semble pas marcher comme prévu. Il voit des traîtres partout, ce n'est vraiment pas le moment de discuter ses ordres. Alors tu gardes bien l'œil sur tout le monde. Et tu tiens ta langue, passe pas le temps à bavarder comme d'habitude.
– Mais je m'ennuie dans ce trou.
– Tu n'as qu'à lire un bouquin.
– Très drôle, je sais pas bien lire.
– Apprends. »
Je tente l'intimidation : « Je suis inspecteur de Scotland Yard, laissez-moi sortir immédiatement d'ici ! Vous n'avez pas le droit de me retenir prisonnier. »
Le garde-chiourme de Moriarty perd patience. Il ne semble pas apprécier ma rébellion. Il m'assomme par-derrière avec la crosse de son revolver. Je me réveille en cellule. La poisse.

Je me relève dans la paille. J'ai mal à la tête. Je cherche du regard. Il n'y a absolument rien à fouiller ici. J'examine ma porte : il n'y a pas de serrure. Je la pousse, la tire, on ne sait jamais. Fermée bien sûr. Je frotte mon crâne douloureux. La cellule en face de la mienne est vide. J'essaie de regarder sur les côtés, mais la porte de ma prison est en retrait, je ne peux pas voir mes voisins. Il me faudrait un miroir. Le petit jeune de tout à l'heure s'approche. Je vois son visage à travers la grille qui sert de porte. Il me demande : « Comment vous appelez-vous ? »
Je me dis que je n'ai plus rien à perdre. J'essaie d'impressionner ce jeune gaillard.
« MacDonald, inspecteur MacDonald, et je vous assure, mon jeune ami, que si vous ne me sortez pas d'ici, cela va barder pour vous. C'est votre dernière chance de… »
Il me répond avec un air de conspirateur, dans un chuchotement.
« Oh, mais je veux bien essayer, monsieur l'inspecteur. Vous ne me connaissez pas ? Lestrade ne vous a pas parlé de moi ? »

Je réfléchis un instant. Comment il s'appelle déjà ? Snitch ? Effectivement, ce nom me dit quelque chose.

« Vous êtes Snitch, l'indic de Lestrade !

– Chut ! Oui. Écoutez. Je ne peux pas faire grand-chose pour vous aider. Car vous savez, ici il n'y a pas de clé. Ça évite les problèmes quand c'est un pote qu'on enferme ici. Le prof ne fait jamais dans le favoritisme. Trois désobéissances, trois erreurs et c'est la mort assurée, qui que vous soyez. Alors les serrures sont codées, et certaines, comme la vôtre, même le gardien ne connaît pas le code. Seul Moriarty le sait. Et Joe, là-haut, il parlera jamais. Il est incorruptible, inflexible. Je l'ai vu tuer un de ses meilleurs amis en obéissant à un ordre de Moriarty.

– D'accord, essayons autre chose. Vous ne pouvez pas faire passer un message à la surface ?

– Non, tout est bouclé. Il y a eu des fuites. Moriarty se méfie de tout le monde. Il a même arrêté sa secrétaire ce matin. Elle dort dans une cellule à côté.

– Bon, comment ça marche ces cellules ?

– Ben, il y a un mécanisme qui est fabriqué de la main même de Moriarty. En haut, il y a trois cadrans qui tournent avec les chiffres. Le professeur réfléchit, choisit un nombre à trois chiffres sur le cadran. Ensuite, il enfonce un de ces boutons, là en bas du mécanisme. Et il s'en va. Pour faire sortir quelqu'un, il appuie une fois sur plusieurs de ces six nombres dans les boutons ronds.

– Quels sont ces nombres ? Bon sang, je ne vois rien.

– 2, 3, 5, puis 7, 11 et 13. Et vos cadrans ils disent 105.

– Pourquoi il n'y a pas de 1 ou de 6, ni de 8 et 9 ?

– Je n'en sais pas plus, monsieur. Je ne suis pas allé beaucoup à l'école. Vous savez, mes parents sont morts quand j'étais tout môme. Je me suis enfui de l'abominable orphelinat où j'étais placé. C'est une bande de voleurs qui m'a élevé. Je sais bien que c'est mal, mais la vie ne m'a pas donné le choix.

– Écoutez, vous êtes sur la bonne voie, Snitch. Aidez-moi et tout ira mieux pour vous.

– D'accord !

– Bien, alors concrètement, comment Moriarty libère un prisonnier ?

– Le prof ou le gardien appuie sur un des six boutons ronds et ça s'ouvre. Je suis désolé de ne pas... »

Un bruit de porte en haut. Joe le garde revient. Je m'écarte rapidement. Snitch va vite à l'opposé de ma cellule et fait semblant de bouder. Le gardien dévale les marches et montre son nez à ma porte. « Alors le fouineur ? Il paraît que vous êtes un invité important. Le professeur en personne va venir vous voir. » Je tente l'intimidation : « Je suis inspecteur du Yard, laissez-moi sortir immédiatement d'ici !

– Ouais. Bien sûr ! On va tirer cela au clair. Vous avez de la chance, vous l'intéressez. Il veut savoir comment vous êtes arrivé vivant jusqu'ici. Allez, restez sage, il va venir rapidement pour vous interroger. Bon, après, je ne garantis pas que vous serez des nôtres longtemps... À mon avis votre compte est bon ! »

Et il éclate de rire comme si sa blague était irrésistible.

Puis le dénommé Joe se retourne vers Snitch : « Donne-lui de l'eau ! On ne parle pas bien la gorge sèche. » L'homme sourit d'un mauvais rictus et ajoute : « Fais bien attention à lui, qu'on n'ait rien à se reprocher ! S'il arrive la moindre entourloupe, je dirai au prof que c'est de ta faute. Tu sais que t'es sur la sellette toi aussi... Alors pas de boulettes. » Il tourne ensuite les talons et s'en va.

Là-dessus, Snitch me passe à travers la grille un pichet en métal rempli d'eau fraîche et chuchote avec un air navré : « Tenez de l'eau. Et de quoi vous éclairer un peu. Cogitez pas pour rien. » Et il laisse la lampe hors de portée, devant la grille, puis s'en va à l'autre bout du couloir.

J'essaie de regarder sur les côtés, mais impossible. Je fouille mes poches : ma montre à gousset est toujours là. Deux heures du matin passé, il se fait tard. Je retourne ma montre : le dos en argent bien frotté est très réfléchissant : le voilà mon miroir ! Je passe la main à travers la grille et tends le bras, le dos de ma montre tourné vers moi. L'astuce marche ! Je discerne le couloir, désert. Je suis dans la cellule n° 1. J'examine comment déverrouiller la porte de ma cellule. Le cadran cranté indique 105. Le bouton (x) est enfoncé. Encore des énigmes. Une clé aurait été trop simple. Je me dis que si le professeur peut ouvrir chaque cellule avec un code qu'il mémorise, moi aussi. Enfin Sherlock le pourrait certainement... Apparemment, tout ce que j'ai accompli jusqu'à maintenant n'a pas servi à rien. Ce qui confirme les soupçons de Holmes, l'enlèvement de Watson était un piège. Ils avaient peur que Sherlock entrave leurs plans. J'ai mémorisé la position des boutons. Si je me mets de côté, colle mon épaule contre la porte et passe tout mon bras entre les barreaux, je pourrai utiliser mon index tendu pour pianoter. Que vais-je essayer aux **Combinaisons numériques** pour sortir ? Je DOIS sortir de ce mauvais pas et je n'ai pas d'autres choix !

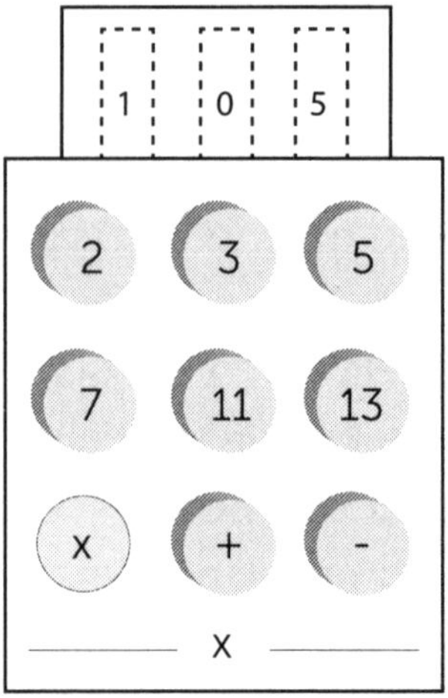

I – Cela ne donne rien... Allons, regardons de plus près ce mécanisme. Il doit y avoir une sorte de logique. Le gardien semblait bien trop content de sa blague.

II – Je sors enfin libre dans le **couloir des prisonniers**. C'était bien une multiplication de nombres premiers pour atteindre le total affiché par les roues. Je sors de la cellule n° 1 Snitch, qui a pris ses aises dans la cellule 6 restée ouverte, semble plutôt content de me voir et s'exclame : « Ça alors, vous avez réussi ! Vous êtes aussi fort que Sherlock Holmes ! » La naïveté du jeune garçon me touche. Je lui dis : « Chut ! Ne faisons pas trop de bruit. Reste en silence à ta place. Je vais fouiller toutes les cellules pour voir. Et interroger les autres prisonniers pour savoir s'ils ont vu le Dr Watson.

III – C'est inefficace. Il faut que j'arrive à comprendre la logique du mécanisme. Encore une sorte de jeu mathématique ? Pourquoi tel bouton et pas tel autre ?

Le couloir des prisonniers

[Vous n'arrivez ici qu'après être sorti de votre cellule.]

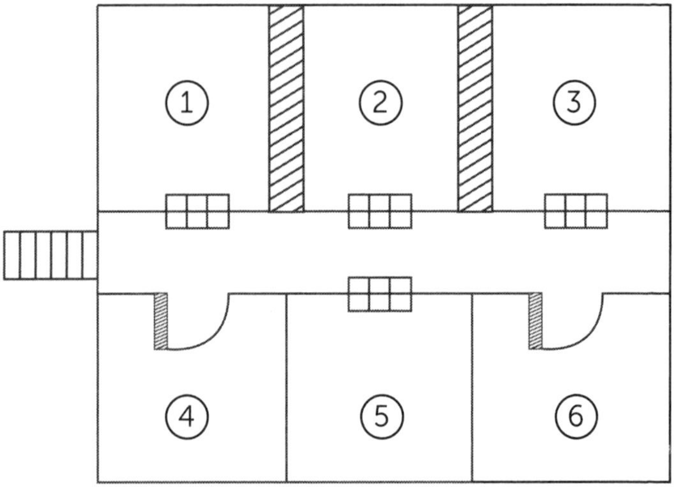

Depuis la salle du gardien, la volée de marches descend vers un couloir plus sombre, seulement éclairé par une ampoule qui dessert deux rangées symétriques de trois cellules. Les portes sont fermées par des grilles de fer qui ménagent des ouvertures carrées, à travers lesquelles on peut passer la main. Les portes sont trop éloignées les unes des autres pour qu'on puisse se passer des objets d'une cellule à l'autre.

Cellule 2

La porte n'est pas verrouillée. Quelqu'un a été enfermé dans cette cellule il y a peu de temps, je le déduis de la paille encore tassée par endroits et d'un autre pichet d'eau à moitié vide. Je fouille un peu, et je trouve un mouchoir plié soigneusement, caché à dessein dans un coin sombre sous la paille. Il est brodé des lettres J. H. W. John Hamish Watson ? Le Dr Watson aurait donc bien passé une partie de la soirée ici ?

I – Cela ne tombe pas juste !

II – Rien. Il faut que je m'applique à regarder les boutons enfoncés.

III – Excellente déduction, je suis le fidèle disciple de Sherlock, aucun doute !

Cellule 3

J'entends un gémissement. Cet homme a été tabassé et il est grièvement blessé. Il réagit à peine à ma présence. C'est terrible. Sa chemise ensanglantée est déchirée à plusieurs endroits. Il a un bandage sommaire au bras. J'observe ses tatouages : un serpent marin ou un dragon sur l'épaule, et un magnifique bateau à voiles sur le torse.

Je le réveille : « Hey ! Pssittt... Depuis combien de temps êtes-vous là ? » L'homme grimace de douleur et répond d'une voix faible : mercredi.

« Qui êtes-vous ?

– Je suis le premier-maître Leonard Nash de la Royal Navy et j'en suis fier ! Aïe... Mon bras. »

L'homme secoue la tête et grimace de douleur. Il bouge un peu son bras pour plus de confort.

« Avez-vous vu le Dr Watson ?

– Le docteur est venu ici en tout début de soirée. Il avait sa trousse de médecin et il a pu me donner des soins. Il a tellement protesté après m'avoir ausculté, il s'est tant indigné de mon état, qu'ils ne l'ont pas laissé repartir. Il s'est d'abord rebellé, il a crié ce qu'il a pu... Puis il a essayé de se battre, mais ils n'osaient pas le frapper. Ils se sont mis à trois pour le ceinturer. L'un deux est venu avec une capsule de liquide transparent et ils lui ont soufflé le contenu au visage. Ça l'a endormi d'un coup, je n'ai plus rien entendu. Je crois qu'un des types qui le tenaient s'est fait endormir aussi, les autres se foutaient de sa tronche ! Puis ils l'ont remonté, inconscient, par l'escalier. Je ne sais rien de plus.

– Pourquoi êtes-vous enfermé ici ? »
Il me regarde d'un air presque rebelle : « Je suis le fils unique de l'honorable Robert Nash. Cet après-midi, ils ont pris une photo de moi ici. Pour essayer d'obtenir une rançon de mon père peut-être. Mais c'est un respectable soldat de métier. Il ne cédera jamais. J'ai profité de la diversion de la séance photo pour tenter de m'évader. Malheureusement, le gardien en haut m'a tiré dessus avec son revolver. Ils m'ont rattrapé et ils m'ont passé à tabac sans pitié. Ils en ont même profité pour reprendre une photo de moi dans cet état, les ordures !

– Savez-vous comment sortir d'ici ?

– Je n'en ai pas la moindre idée. Mais il faudra se battre, ils sont nombreux. J'avais un sac de bure sur la tête quand ils m'ont amené ici. Tout ce que je me rappelle, c'est d'avoir pris le métro. Oui, vous pouvez rire, mais c'est la vérité ! »

Je suis convaincu que cet homme dit la vérité et qu'il faut le sortir d'ici. Son nom de famille m'interpelle. Je l'ai déjà lu ailleurs. Le verrou de la cellule comporte le même mécanisme. Son cadran en haut est réglé sur 78.

I – Cela ne fonctionne pas. Mais c'est bien raisonné. Voyons, réfléchissons bien à l'état du mécanisme.

II – La porte de la cellule s'ouvre. Le bouton enfoncé était une contrainte de multiplication. Nash se relève avec un gémissement et sort avec moi pour rejoindre notre **Évasion, p.133**. C'est une bonne chose d'avoir un tel gaillard avec moi, même s'il est diminué par sa blessure et les mauvais traitements.

III – Ce n'est pas la bonne méthode. J'ai l'impression que je tape trop de chiffres, ça va se retourner contre moi.

Cellule 4

Cette cellule avait sa porte restée grande ouverte. Snitch me dit : « Ne va pas là ! C'est une cellule hantée : le dernier emprisonné était un fou qui avait voulu voler le prof. Moriarty l'a interrogé pendant des heures avant de se débarrasser de lui d'une façon horrible. Il a...

– Chut ! Tais-toi ! »

Je n'ai pas envie d'entendre une histoire macabre de plus. Je préfère me concentrer et réfléchir. Que fait-on quand on est enfermé sans espoir ? Des graffitis. Je passe la lampe dans le moindre recoin. Là ! Dans l'angle de la porte, en hauteur, je trouve un dessin gravé grossièrement dans la brique : une tête de mort avec un œil ridicule. Un crâne borgne ? C'est l'œuvre d'un désespéré ou d'un fou !

I – Cela ne fonctionne pas.

II – Rien.

III – Non, aucun résultat.

Cellule 5

Une jeune femme occupe la cellule. Elle se relève, époussette les brins de paille accrochés à son élégante robe et s'approche de la grille avec défiance. La dame est habillée avec simplicité et une touche de raffinement. Ses cheveux auburn sont remontés en chignon court sous son chapeau. Elle porte une robe et, autour du cou, un pendentif. Ses mains sont fines et douces. Elle les croise nerveusement. J'observe une trace d'encre bleue entre son pouce et son index droits. Elle se méfie de moi et semble gênée par mon regard. Qui me dit que ce n'est pas un piège supplémentaire de Moriarty ? Qu'une fois sortie de sa cage, elle ne va pas me sauter au cou pour m'étrangler ? D'un autre côté, j'ai besoin d'aide pour sortir d'ici et de preuves ou de témoin pour confondre enfin Moriarty ! Je dois être prudent dans mon choix, mais audacieux dans l'action !

« Madame, savez-vous où est détenu le Dr Watson ?
– Je ne sais pas bien qui c'est ? C'est votre ami ? »
Je préfère ne pas lui donner d'informations à ce stade et élude sa question.
« Qui êtes-vous ?
– Je m'appelle Adélaïde Peekbrooke, monsieur.
– Bien, pour qui travaillez-vous ?
– Oh monsieur, mon patron est le professeur Moriarty. C'est un homme froid et exigeant. J'ai peur de lui avoir déplu. Mon sort est injuste.
– Je ne comprends pas, si vous êtes son employée, pourquoi êtes-vous enfermée ici ?
– Je suis la secrétaire du professeur Moriarty. Je tiens ses livres de comptes. Je ne suis pas parfaite bien sûr, mais je suis appliquée dans mon travail. Mais j'ai perdu la confiance du professeur, et je me retrouve ici, au milieu de ces... bandits, dans ce lieu sordide. Ce n'est pas une façon de traiter une femme !
– J'en conviens ! Depuis combien de temps êtes-vous là ?

– On m'a amenée ici en tout début de soirée. J'ai reçu un repas que j'ai essayé de partager avec cet homme blessé qui était là avant moi.
– Une dernière question, si vous le voulez bien. Savez-vous comment sortir d'ici ?
– Il existe un grand réseau de souterrains qui utilise une ligne de métro désaffectée et d'anciennes catacombes. Je le sais parce que j'ai saisi toutes les factures et devis des travaux. »
Son histoire me paraît cohérente. Elle me semble correspondre avec ce que j'ai vu chez Moriarty. Si cette employée a vraiment occupé les fonctions qu'elle prétend, elle peut constituer un témoin précieux contre le professeur Moriarty ! À condition de la sortir d'ici, bien sûr ! Le système est le même. Son cadran affiche 182.

I – Cela ne fonctionne pas. J'ai pourtant un bon calcul, en utilisant les nombres affichés sur les boutons. Il doit y avoir une contrainte supplémentaire que je n'ai pas bien vue. Regardons ce mécanisme avec plus d'attention.

II – La porte de la cellule s'ouvre. Adélaïde est libre. Elle dit timidement : « Merci » et rejoint **l'Évasion, p.133.**

III – Ce n'est pas la bonne combinaison. Je dois réessayer et chercher à comprendre la logique qui régit ce mécanisme. Bon, le professeur est avant tout un mathématicien...

Cellule 6

Snitch suit de loin ce que je fais. Il essaie de rester discret tout en se rendant utile. Il me donne l'impression d'être un brave garçon, un de ces gamins élevés à l'école de la rue et qui ont réussi à s'en sortir et survivre à force de magouilles. Sa cellule est vide, à part un grand broc d'eau fraîche. Il n'est pas enfermé.

Après cette fouille en règle, maintenant je peux délivrer mes compagnons d'infortune pour m'accompagner dans ma fuite. Je dois utiliser mes connaissances et les **combinaisons des cellules (p. 238)** afin d'ouvrir la porte des autres prisonniers. Ensuite, tous ensemble, nous réaliserons notre **Évasion (p. 133).**

I – Cela ne fonctionne pas.

II – Rien.

III – Non, cela ne marche pas.

L'évasion

[Vous devez d'abord libérer les autres prisonniers de leur cellule.]

Nous devons remonter maîtriser Joe le gardien, c'est la seule issue. Adélaïde semble apeurée par la situation. Nash n'est pas vraiment en état de combattre. Je passe devant avec Snitch. J'espère qu'il ne nous fera pas faux bond.
Nous tombons à bras raccourcis sur le geôlier qui nous tourne le dos. Diable ! Il a son arme à la main, il a dû nous entendre, c'est un méfiant. Heureusement, Snitch est rapide, cela compense sa maigre constitution. Il attrape prestement le bras droit de l'homme et détourne son arme. L'autre se débat. Snitch ne tiendra pas longtemps comme cela. Je viens à sa rescousse. Je ceinture le gardien par-derrière avant qu'il ne se retourne. Je serre fort ses bras sur sa taille. J'ai peur qu'il arrive à pointer son arme sur l'un de nous. Adélaïde est entrée à son tour et attrape un tabouret et le brandit près de nous. Elle a un moment d'hésitation. Tout à coup, j'ai peur de m'être trompé ! Et si c'était moi qu'elle

assommait ? Je fais basculer le geôlier entre elle et moi. Cela déséquilibre Snitch qui n'assure plus sa prise. Joe a baissé son bras armé. Bang ! Il a tiré ! Cela stimule Adélaïde. Elle assène un formidable coup sur la tête du pauvre homme qui s'effondre enfin. Il est K.-O. pour un bout de temps. Ouf ! Une femme d'action. Je relève les yeux pour vérifier que Snitch va bien… Il est livide, immobile, ses mains appuyées sur la poitrine en sang… Non ! Il est blessé, je vais pour le soutenir, il s'écroule dans mes bras… « Snitch, il ne faut pas… Nous allons… nous échapper d'ici… Trouver les secours, je… » Snitch me fixe du regard de celui sait qu'il va partir. Il me dit dans un râle : « Vous direz à… Lestrade… je n'étais pas… qu'un mauvais garçon… »

Je reste là avec son corps dans les bras. Adélaïde est figée sur place, ses mains sur la bouche pour s'empêcher de crier. Le tabouret gît par terre, cassé en deux. Nash a la présence d'esprit de ramasser le revolver de l'homme.

Snitch est mort. Il a donné sa vie sans réfléchir. C'était juste un jeune gamin qui essayait de s'en sortir, comme il y en a des milliers dehors dans les rues. Ils s'organisent en bandes pour survivre de menus larcins : vol à l'étalage, rapines, petites arnaques auprès des voyageurs. Il a survécu comme cela. Il est une recrue facile pour des hommes comme Moriarty. De la main-d'œuvre interchangeable. Un ouvrier insignifiant de l'industrie du crime. Il a essayé de changer cela... d'infléchir son destin. Il est mort pour nous tous. Pour que nous puissions nous évader d'ici.

Je rassemble mes esprits.

Il faut sortir de là.

Je parcours la pièce du regard et je reprends immédiatement mes **Trouvailles**, mon inventaire est donc inchangé. Je reprends le revolver Webley à Nash. Je ne suis pas un grand amateur d'armes à feu. Dans la police britannique, nous estimons qu'un policier doit se faire respecter par son autorité. C'est pourquoi nos *bobbies* ne sont pas armés. Mais les circonstances sont exceptionnelles. J'ai besoin d'informations pour sortir d'ici et surtout retrouver le Dr Watson. Prendre le temps de fouiller soigneusement le gardien inanimé est une option périlleuse, mais nécessaire. Je trouve dans sa poche une clé en fer au panneton en forme de **δ** que j'ajoute à mes **Trouvailles** avec celles que je viens de récupérer. Il a aussi un papier froissé dans sa poche. « Achillea Calluna Daphne » : quel charabia ! Et en plus, j'étais mauvais en latin à l'école. Mais est-ce vraiment du latin de toute façon ? Plus le moment de traîner ici, il est temps d'essayer de sortir, l'**Accès Tube** m'apparaît comme la seule solution viable. Mes compagnons et moi nous mettons en marche.

Niveau Tube

[Vous ne pouvez accéder ici qu'avec la bonne combinaison.]

Au moment où la porte s'ouvre, j'entends des éclats de voix qui proviennent de l'autre bout du complexe. Vite, nous entrons avec mes complices d'évasion et nous refermons la porte derrière nous. Je la verrouille de nouveau avec la clé et la laisse dans la serrure. Voilà qui devrait les ralentir un peu, en tout cas je l'espère. Nous descendons, une volée de marches avec une rampe. Soudain

nous débouchons dans un plus grand passage. Le décor a complètement changé.
C'est un grand et large couloir, sec, fonctionnel, prévu pour la foule, mais désert et abandonné, maçonné de telle sorte que les murs rejoignent le plafond en une courbe régulière ne laissant apparaître aucun angle. Un carrelage blanc protège les murs. Un banc public. Une poubelle. Où sommes-nous ?
Avec une grimace de douleur, Nash me dit : « Je crois reconnaître, ils m'ont amené ici par ce moyen. Je pense qu'il faut descendre vers le métro au bout ! » Un métro ? Ça alors, elle est bien bonne : « Moriarty, station du crime organisé. Veillez à ne rien oublier sur vos sièges. Ne faites pas attention aux pickpockets, c'est tout à fait normal. »
Des affiches jaunies et veillottes de spectacles vieux de plusieurs années. J'ai fait un voyage dans le temps ? Je regarde la date des réclames publicitaires, qui me confirme mon impression. Comment est-ce possible, où sommes-nous ? Soudain, je comprends : c'est une station de métro abandonnée. Oui, le métro de Londres est

déjà ancien, il existe des stations qui ont fermé, faute de rentabilité. Il suffit d'un ascenseur en panne, et on estime que les coûts de réparation et d'entretien ne valent pas la peine. Je crois que le record c'est Tower of London, ouverte en 1882, et fermée deux ans plus tard à cause de la concurrence d'une autre station, Mark Lane, mieux desservie, à quelques centaines de mètres. Moriarty a eu une idée de génie en s'installant dans cet espace ! Invisible depuis la surface, oublié des Londoniens, qui y penserait ? J'admire l'idée même si je déteste l'homme !

Nous descendons encore une volée de marches et arrivons sur le quai de la station proprement dite. Il y a deux voies, une salle d'attente et un métro avec sa motrice... Incroyable !

Nash regarde autour de lui : « J'avais donc bien deviné, je suis venu par ce métro. »

I – Rien.

II – Nous sommes là, c'est déjà pas mal, non ?

III – Rien à dire de plus.

La salle d'attente

Il s'agit de quatre cloisons en bois, agrémentées de verre de cathédrale et d'une jolie sérigraphie. La salle d'attente semble un peu plus désaffectée que le reste de la station. Il y a plusieurs bancs. Sur l'un deux, quelqu'un a même installé un petit coussin et laissé là ces affaires ! Du tabac brun pour pipe, des journaux bien contemporains, et même un petit pense-bête : le conducteur de la locomotive qui attend ses ordres ici entre deux voyages ? La note dit :

« Bleu : avant ou arrière. Attention ! Bouton rouge uniquement en cas d'urgence. »

I – Ichou-tchou. Ah non, pas de vapeur, c'est électrique.

II – Rien à signaler.

III – *Ach, nein !*

La rame de métro

Elle comporte deux wagons de passagers derrière une petite motrice. Celle-ci n'a pas de cheminée et me paraît toute neuve avec ses rivets luisants. Je lis sur son côté « N° 16 Siemens Brothers & Co ». Une locomotive à moteur électrique de marque

Siemens ! L'électricité est amenée sur le rail central ! J'ai lu un article du *Times* là-dessus. Les vieilles lignes à vapeur, à la fumée polluante et nauséeuse, doivent être remplacées prochainement dans le métro de Londres. Les Allemands sont très bien placés pour amener cette technologie moderne. Je sais que ce système de traction électrique marche déjà en Amérique. Voilà une bonne façon d'être plus discret : pas de vapeur, moins de bruit. Mais comment démarrer la motrice électrique Siemens ? Je me glisse dans le poste conducteur. Voici le panneau de contrôle... *Mein Gott*, il est en allemand ! Je vois un **hexagone** ⬢ qui dépasse du panneau, avec *Fahren* écrit juste à côté. Une manette bleue au milieu, qui peut prendre deux positions *vorwärts* ou *rückwärts* et un gros bouton rouge marqué *Nothalt*. Quelle **combinaison de contrôle** permet d'avancer ?
Et ensuite, plus rien... Notre seul moyen de nous échapper de cet enfer souterrain, c'est de trouver la bonne combinaison de contrôles du métro pour faire fonctionner cette maudite rame de métro !

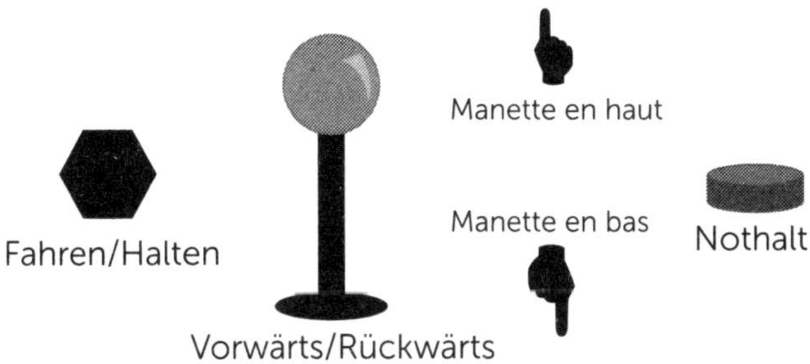

I – La machine est calée... J'ai perdu trop de temps. Je panique et j'essaie n'importe quoi. Un groupe d'hommes de Moriarty fait son apparition en bas des escaliers. Je me rends en **MORIAR-8, p. 245.**

II – La motrice se met sous tension. J'entends un son rassurant. Mais ce n'est pas suffisant. Vite une autre combinaison !!!

III – La motrice accélère. Pour beaucoup, ce serait un rêve d'enfant qui se réalise ! Hum... des conducteurs de métro qui ont 17 ans, vous savez, c'est courant à notre époque. Bien que le métro ne roule pas très vite... au moins il avance tout seul et pas besoin de regarder la route... Du bruit ? Des voix ? Je me retourne. Mince alors, un groupe d'hommes de Moriarty vient de surgir sur le quai. Vite, le revolver du gardien ! Je tire un coup de sommation en l'air ! Ils commencent à nous poursuivre sur le quai : ils vont sauter dans le dernier wagon ! Non, pas maintenant, ce serait trop bête ! Je tire dans leur direction cette fois ! L'impact fait exploser un carreau ! Ils ne semblent pas plus effrayés que cela. Plus vite !!! Ah c'est trop lent... L'un d'eux va s'accrocher à la voiture de queue... Je lui tire dessus. Raté ! Encore une fois ! Oui, je l'ai touché ! Il chute. Mais ça ne les arrête pas. Je tire encore... clic, clic... Plus de balles dans le chargeur ! Bon sang ! Le revolver Webley devient inutile. Je le jette, il est trop lourd et encombrant pour une fuite en avant comme la nôtre. Nous entrons enfin dans le tunnel et quittons la station. L'un d'eux, téméraire ou inconscient, descend du quai sur la voie et nous poursuit entre les rails. Il va falloir aller l'accueillir en queue de train. Mais quel idiot ! Il vient de marcher sur le rail du milieu qui apporte le courant. Il tombe électrocuté. Bien fait ! Quelle course-poursuite ! La locomotive éclaire les voies devant elle. Nous passons à côté d'un petit quai de fortune en bois. Une station illégale ? Un arrêt pirate ? Nous allons arriver à une autre station... Zut, une autre rame arrive au loin en sens inverse ! Ce coup-ci, ça ne se présente pas bien. J'inverse la vapeur comme on dit, enfin là il suffit de ramener la manette ronde vers moi... C'est facile à conduire une fois qu'on a compris le truc !!! Vite. La locomotive s'arrête et repart enfin en arrière, mais ce comportement suspect attire les regards. Combien de temps vont-ils mettre avant de comprendre qu'ils ont affaire à des fugitifs ? Et si Moriarty a fait installer le télégramme entre les deux stations, ou mieux, un de

ces nouveaux téléphones ? Allez, plus vite. Ah, le quai improvisé en bois se rapproche. Je hurle : « Pas le temps de s'arrêter ! Nous allons sauter ! » Ainsi, je laisse la motrice et les deux wagons filer, cela provoquera sans doute un accident à l'autre bout. Un… deux… trois… Nous sautons ! Aïe… ma cheville. Voilà ce que c'est que de remplir des paperasses au bureau au lieu de s'entraîner ! Adélaïde réagit proptement, même si elle semble plus effrayée depuis tout à l'heure. Elle remonte ses jupons et saute avec agilité comme une danseuse de cabaret. Quelle femme ! Nash bondit avec plus d'expérience que moi. Il a le pied marin et passer d'un bateau dans une chaloupe en mer par gros temps est bien plus périlleux. Vite, nous courons vers l'entrée des **catacombes...** Nous ne sommes pas encore sortis des entrailles de Londres !

Catacombes

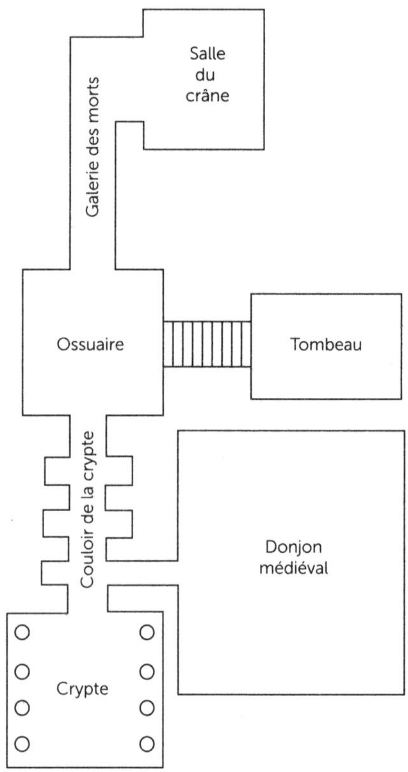

L'entrée des catacombes

À quelques mètres du quai de bois, qui semble récent, une cavité est creusée dans la roche. J'ai l'impression qu'une excavation a mis au jour une entrée plus ancienne. Cela arrive lorsqu'on creuse sous Londres, les ouvriers ont des surprises. Londres est une ville ancienne, construite sur des rivières, du limon et d'anciennes cités saxonnes, romaines et même vikings !
L'entrée consiste en une lourde porte métallique aux rivets apparents, d'une hauteur considérable de 3 bons mètres. Les rivets dessinent de manière symétrique la lettre ψ. Les côtés sont ornementés de deux crânes humains à même la roche. Des catacombes ! Un avertissement est gravé dans le marbre en caractères romains :
« NE MET LE BEC ICI QUE CELUI QUI VEUT MOURIR. »

C'est un peu léger pour des intimidations et des menaces après tout ce que je viens de vivre. Même si la fin de cette maxime me fait curieusement penser à une signification alambiquée de Moriarty en une sorte de latin de deuxième main.

Nash réfléchit moins que moi et essaie de pousser la porte. Elle ne bouge pas d'un millimètre. Pourtant il y met toute son énergie malgré sa blessure. Ce n'est pas le moment d'être bloqué derrière une porte ! Je remarque une profonde encoche en hauteur. Je ne peux pas l'atteindre avec ma main, même en m'étirant sur la pointe des pieds. Je me recule d'un pas et je vois alors un dessin, la forme d'un trèfle. Évidemment, un peu comme ceux des cartes à jouer mais pas tout à fait ✤. Ce trèfle à quatre feuilles, sans queue, me rappelle vaguement un symbole que j'ai déjà croisé cette nuit... Y a-t-il un rapport ?

I – Je ne suis pas assez grand pour essayer cela sur l'encoche. Je demande à Nash de me faire la courte échelle. Le dos contre l'énorme porte, le pauvre souffre le martyre lorsque je m'appuie sur ses mains, mais j'arrive vite sur ses épaules à la bonne hauteur. J'essaie de rentrer l'outil, mais non. Je change de sens. Je m'obstine, quand soudain l'autre métro électrique avec les hommes de Moriarty arrive. Je redescends vite et me prépare au combat en **MORIAR-8.**

II – Je m'approche contre la porte, et j'utilise la canne à bout de bras. J'ai vérifié, c'est bien exactement le même motif de trèfle que sur la lame. Je me disais que j'aurais pu rentrer la pointe de la canne dans l'encoche, mais cela ne semble pas possible, je ne suis pas assez haut ! Désespéré, j'essaie le bec de canard de la poignée. Et là, surprise, il passe à l'intérieur sans problème. Un énorme bruit mécanique se fait entendre tandis que la porte s'entrouvre. Nous poussons et pénétrons dans la salle suivante, **l'ossuaire**.

III – Je suis trop petit pour espérer atteindre le trou avec cet outil. Mais je propose à Nash de me faire la courte échelle. D'abord perplexe, il accepte avec une grimace. Je suis enfin, sur ses épaules, à la bonne hauteur. Je glisse la brosse dans le trou. Ça rentre ! Parfait, j'entends les hommes de Moriarty qui arrivent dans mon dos. Je nettoie la serrure avec application. Je suis très satisfait de me rendre ainsi utile. Puis je me rends en **MORIAR-8, p. 245,** avec le sentiment du devoir accompli.

L'ossuaire

[Vous ne pouvez entrer ici que si vous avez réussi à débloquer la porte de **l'Entrée des catacombes**.]

La porte d'entrée des catacombes se referme… Je n'essaie même pas de retenir les lourds vantaux. Cela m'arrange, car cela met un obstacle de taille entre nos poursuivants et nous. Cette

porte est dotée d'un mécanisme dont je me rappelle soudain avoir vu une version miniature dans l'atelier chez Moriarty. Sur le coup, je n'avais pas compris, sans le contexte, à quoi il servait.
L'entrée débouche sur une première pièce. Les murs sont décorés, si je peux dire, de crânes et d'os humains. À la lueur de ma lampe, les ombres dansent sur les vestiges, l'ambiance est plus qu'angoissante, je le concède. La courageuse Adelaïde ne paraît pas plus impressionnée que cela. Elle me dit : « J'ai déjà entendu le professeur évoquer des passages via des anciennes catacombes. » Je suis intimement persuadé que nous sommes au plus profond du repaire du maléfique criminel. Je dois agir avec circonspection, les dangers me guettent. Devant moi, un escalier creusé dans le sol descend lentement vers l'obscurité d'un tombeau. À droite et à gauche, deux galeries s'enfoncent dans les ténèbres. Tout est si silencieux...

I – Sérieusement, c'est une obsession le nettoyage ?

II – Cela ne fonctionne pas. Aucun résultat.

III – Rien, nada, que dalle !

148. LE PIÈGE DE MORIARTY

Galerie des morts

Nous marchons courbés dans la galerie. Ce ne sont pas les ossements qui manquent. Certains jonchent le sol. La galerie relie la première pièce via un long, très long, couloir qui tourne avec un coude. À l'intérieur des niches voûtées, creusées à même la paroi de part et d'autre, des squelettes ou des sarcophages reposent. Un frisson me parcourt le dos. Au rythme de mes pas, la lampe crée d'inquiétantes ombres dansantes sur les murs. Deux os cloués au mur forment une croix, aimable indication. Mais tout ce décorum ne semble pas affecter Nash.

I – Cela ne fonctionne pas.

II – Cela ne rentre pas, c'est trop rond.

III – Cela ne rentre pas, c'est trop gros.

Le tombeau

En bas des marches, les murs sont ornés d'anciennes sculptures érodées par le temps. Parfois une main, un visage sont cassés ou ont été vandalisés par d'autres explorateurs des catacombes que nous. Au milieu de la salle, un grand sarcophage de pierre aux côtés sculptés : un tombeau médiéval. Le couvercle est décoré par un gisant, une sculpture allongée quasiment en taille réelle. C'est une sorte de moine si j'en crois sa robe de bure stylisée, quoiqu'il porte un casque guerrier. Il repose les mains jointes, les doigts qui se touchent pointés vers le haut. Un espace est cependant visible entre ses paumes de mains écartées. Je m'approche et je pense qu'on peut y glisser un petit objet. Le dos des mains est gravé d'un **X** discret. L'atmosphère confinée et fantastique incite au respect mêlé d'une sorte de crainte. Adélaïde se signe et se rapproche de moi. Je sens sa main qui tient très fort mon bras. Nous n'avons pas envie de traîner ici. Au moment de repartir, Nash me tire par la manche : « Regardez ! » Je lis alors une maxime gravée profondément dans la pierre : « Rendez-lui ce par quoi il a toujours vécu. »

I – Je fais glisser la petite fiole par le col… ça rentre tout juste. Je force un peu. Elle se brise en morceaux. C'est raté et je la raye de mes **Trouvailles**.

II – Je manipule la petite épée avec appréhension. Je veux de toutes mes forces que cela rentre sans déclencher un nouveau piège catastrophique. Le son de la lame en métal contre la pierre est désagréable. Pourtant, cela semble fonctionner, car nous entendons un déclencheur. Mais il ne se passe rien de plus ? Je regarde mes amis, déçu et indécis. Las, Nash s'appuie sur le tombeau... dont le couvercle se met à pivoter. Nous poussons, à l'intérieur de la tombe, vide, nous voyons d'étroites marches qui descendent vers l'obscurité. Nous accédons à la **Crypte romane.**

III – Vivre par la croix ou la religion, c'est une bonne idée. L'objet rentre par l'extrémité. Mais cela ne produit aucun effet notable.

Le couloir de la crypte

C'est un couloir de pierre blanchâtre assez bas de hauteur mais suffisamment large pour laisser passer deux hommes. Quelques pierres se sont éboulées et entravent çà et là la marche, mais rien d'impraticable... Je sens comme une odeur d'encens vers la crypte. À un moment, je marche sur un petit objet sculpté. Je regarde attentivement. C'est une sorte d'amulette. Une croix surmontée d'une boucle, une croix ansée je crois. ☥ Je la ramasse à tout hasard. Puis je débouche sur deux entrées vers la **crypte** et un **donjon**.

La crypte médiévale

L'espace se dégage et le plafond semble beaucoup plus haut, porté par de grandes voûtes qui partent de colonnes rondes régulièrement espacées. Rien qu'à entendre l'écho de nos pas, la salle semble immense. Il traîne une odeur d'encens entêtante. Au fond, un autel avec une coupe en or à larges anses et une croix semble avoir servi encore récemment, si on en croit les candélabres aux bougies éteintes. Il y a d'étranges traces de sang partout sur l'autel. Une porte de chêne en arrondi se dévoile à la lumière de ma lampe. Espoir. Malheureusement, elle est solidement verrouillée et son enfoncement dans le mur ne laisse aucune prise ; même si nous avions un outil, il faudrait des heures d'un travail bruyant pour en venir à bout. Adélaïde n'a pas l'air rassuré. « Je ne pense pas que nous puissions remonter par là. Je ne suis pas sûre de vouloir croiser les pratiquants qui descendent officier ici. Peut-on repartir, s'il vous plaît ? » Je peux prendre la croix si je le souhaite. La coupe est bien trop lourde pour m'embarrasser d'un tel trésor.

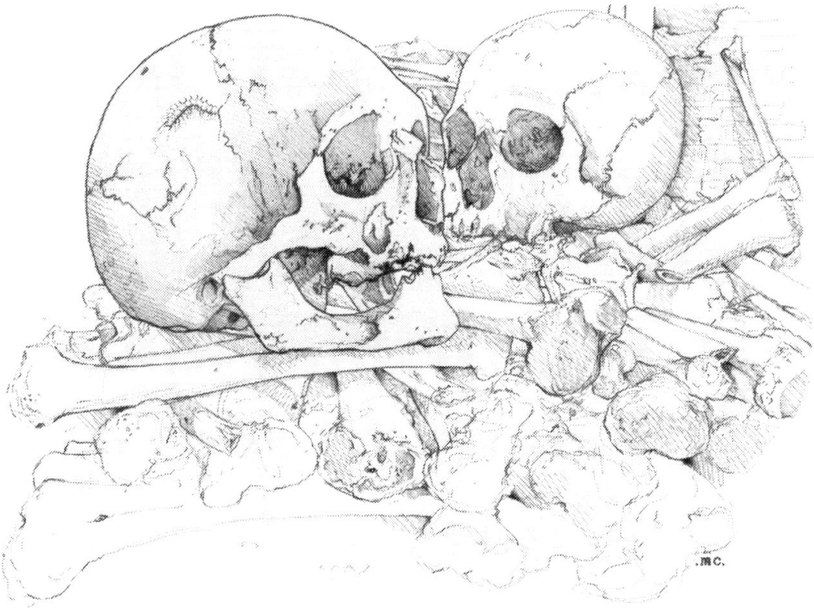

Le donjon médiéval

Nous sommes à la base d'un donjon ancien. Les étages intermédiaires se sont écroulés là depuis des lustres et il n'en reste que quelques solives pourries et des gravats. Vers l'est le **couloir de la crypte** est marqué d'une croix latine. La base d'un escalier à vis remontait vers le haut, mais il s'est effondré depuis longtemps. Il portait sans doute sur plusieurs étages si j'en crois les nombreuses marches brisées. Nash fouille les décombres et les gravats à la recherche de je-ne-sais-quoi. Il semble avoir trouvé quelque chose qui brille faiblement : une petite fiole ancienne dans un coin au milieu des débris. Elle tient dans la main. Si je le veux, je l'ajoute à mes **Trouvailles**. Je me demande si tout cela ne serait pas utile, en repensant à l'espace entre les mains du gisant. Adélaïde me lance un léger sourire pour me rassurer.

La salle au crâne

C'est une minuscule salle, très basse de plafond. On ne peut pas tous y rentrer. Il y a un énorme crâne d'homme encastré dans la paroi. Je suis très impressionné. Je surmonte mon appréhension et m'approche. Je distingue deux jointures d'os qui se rejoignent sur le haut du crâne en forme de **v**. Je passe ma main dessus, il me semble d'un aspect plus poli que les autres vestiges de ces galeries. En dessous, avec ma lampe, je déchiffre avec peine une inscription : « Red...nez lui la v..e ». Il manque des lettres.

I – J'ai beau retourner l'objet dans tous les sens, ça ne rentre pas.

II – Lorsque je le glisse dans l'orbite gauche, il ne se passe rien. Puis j'essaie la droite. Lorsque l'œil de verre est parfaitement rentré, le crâne s'ouvre en deux, dévoilant une dague que je peux mettre dans mes **Trouvailles**. C'était donc bien la vue et non la vie… Mais je pense que cela me sera utile pour sortir d'ici et je surmonte ma peur pour m'en saisir, sous les regards apeurés d'Adélaïde qui tient le choc, et de Nash qui grommelle une prière de marin pour se rassurer.

III – Je rentre la pointe de la croix dans l'orbite gauche, sans effet. Puis j'essaie la droite, et là, d'abord rien, alors je tourne un peu dans l'orbite et enfin un mécanisme s'enclenche. Je me rends en **MORIAR-9**, **p. 245**, pour le découvrir.

Crypte romaine

[Vous ne pouvez entrer ici qu'une fois le tombeau passé.]

Nous descendons de côté dans l'escalier très étroit, et arrivons péniblement au pied des marches. Nash a particulièrement du mal à se déplacer. Il semble perdre un peu de sang. Adélaïde est courageuse. Je me sens responsable de mes deux compagnons. Mais je me demande aussi si j'ai bien fait de les délivrer. Qui sait, leur destin dans les geôles de Moriarty n'était peut-être pas si funeste ?

Nous débouchons sur un petit réseau de salles très anciennes, datant au moins de l'époque romaine. Pourtant tout semble comme restauré, entretenu. Il y a plusieurs salles avec des fresques magnifiques. Adélaïde me dit : « Moriarty a payé des fouilles pour cela. Sur le coup, j'ai pensé à un chantier de fouilles, mais je n'aurais jamais cru que c'était si profond sous terre. » Je me dis qu'un tel homme ne dépense pas son argent pour l'amour de l'archéologie antique !

Salle de la louve

Cette salle présente une mosaïque du mythe fondateur de Rome, Romulus et Remus : les deux jumeaux allaités par une louve. Le motif de la louve a été restauré avec soin, et il se voit de loin. La teinte n'est pas tout à fait la même. Il ne faut pas être bien perspicace, désormais, pour comprendre que cela cache un mécanisme secret.

I – Je me dis que le loup, fatalement, ça doit lui parler. J'appuie sur le motif lupiforme avec confiance. Il s'enfonce et je reçois un souffle d'air violent au visage. Je me rends en **MORIAR-9, p. 245.**

II – Nous essayons cette combinaison, mais sans succès. Ce n'est pas grave, on a tout le temps. Presque l'éternité...

III – Un pan entier du mur à l'opposé de la mosaïque s'est détaché. Nous pénétrons dans **l'Antre de Moriarty**.

Salles de la villa romaine

Il y a plusieurs autres pièces et plusieurs mosaïques plus ou moins complètes. Ici, c'est un chien noir, très fin, à la romaine, qui aboie à l'entrée d'une villa pour la protéger de deux malandrins. Là, une scène plus bucolique et contemplative, avec des oies et des canards. Dans un grenier, un chat pourchasse un rat qui vole le grain. Les différents carreaux de mosaïque qui représentent les animaux ont une couleur très particulière. Ils ressortent du reste de la fresque... C'est évident ! Un nouveau mécanisme secret. Il faut sans doute se placer sur un ou plusieurs de ces animaux. Heureusement, nous sommes trois !

Il n'y a pas d'autre issue. Il faut trouver la bonne **combinaison des mosaïques** pour sortir. J'essaie de me calmer. Au moins l'atmosphère ici est plus détendue qu'au-dessus avec les ossements. Je siffle un air qui me trotte dans la tête depuis plusieurs heures. *La maison que Jack a bâtie*... C'est stupide. En plus, c'est une chanson que doit aimer Moriarty, ce n'est vraiment pas le moment de lui faire cet honneur. L'esprit fonctionne vraiment de manière étrange parfois.

I – Je pense que mon intuition est la bonne. D'abord le rat, puis le chat, et enfin le chien. Nous entendons un gros bruit dans l'autre pièce, la salle de la louve. Nous nous y précipitons tous, le cœur battant. **(Salle de la Louve III).**

II – C'était quand même dans l'entrée de sa maison, puis dans l'entrée des catacombes... Ne dit-on pas « jamais deux sans trois » ? J'appuie sur le canard avec fermeté. Il ne se passe rien, enfin je crois. Disons que... tout vacille. Je suis très mal. Je me rends en **MORIAR-9, p. 245.**

III – Nous pouvons nous répartir pour appuyer là-dessus. Il ne se passe rien.

L'antre de Moriarty

[Vous devez résoudre l'énigme des mosaïques avant de pénétrer ici.]

Par les hautes voûtes en arc qui montent vers le plafond, c'est comme une chapelle romane, mais dès qu'on contemple l'espace, on se croirait dans un entrepôt moderne. Au début, je mets un certain temps à réaliser où nous sommes, ce que c'est. Il y a des caisses. Des mallettes. Quelques meubles très beaux. Des tableaux sous les draps. C'est très sec, propre, bien ventilé. Alors nous sommes pris d'une sorte de fièvre curieuse. Nous ouvrons les caisses : des objets d'art anciens, porcelaines chinoises, vases anciens, antiquités. Nous ouvrons les mallettes : elles sont remplies de bons du Trésor, d'emprunts souscrits à toutes les banques, tous les pays possibles. Cet homme a mis sa fortune mal acquise dans des investissements si diversifiés que demain l'Empire russe peut s'effondrer, l'Inde devenir indépendante, cela n'affectera en rien son immense fortune. Mais le plus effroyable, le plus cynique, reste à voir du côté des tableaux. Je connais un peu les grandes affaires liées au marché de l'art. Ces peintures, je les connais. Ce sont des tableaux qu'on croyait disparus dans des vols, des incendies, et même pire, des naufrages. Cet homme a commandité les pires crimes juste pour dérober un tableau célèbre en toute impunité. Je ressens un terrible malaise. Je dois sortir d'ici. Respirer à l'air libre.

À l'autre bout de la salle, un sas moderne. Il m'est familier. Je retrouve le petit jeu des manettes astronomiques pour sortir. Cinq leviers me font face dans le mur, à hauteur de bras, représentés chacun par un symbole avec juste deux positions : haut ou bas. Les symboles me semblent différents pour beaucoup de la première fois.

♂ ♃ ♄ ⛢ ♆

J'ai une vraie crainte d'essayer une **2e combinaison des manettes** au hasard. Le principe devrait être le même, mais Moriarty est trop suspicieux pour utiliser le même énoncé. Je regarde autour de moi. Dans une sorte d'espace improvisé formé par un amas de caisses et une armoire ancienne, il y a comme un refuge. Un bon fauteuil. Un verre précieux sur un guéridon. Un minibar avec quelques alcools de qualité. Une maquette de bateau. Et un vieil album de photographies... Je suis encore plus mal à l'aise en le voyant comme cela, sans y avoir été invité. C'est un album de famille. J'y vois un jeune officier de marine au début du siècle. Un bébé sur les genoux. Une mère. Et puis la terrible photo d'une triste réunion de famille pour un enterrement. Le père, encore. Je retrouve la photo de William Gastly du bureau. De plus en plus gradé, avec des uniformes plus beaux et rutilants au fil des années. Le petit garçon grandit. Et puis il y a des vieilles coupures de presse. Un procès militaire. Un déshonneur terrible. Et la sanction, avec le retrait de l'ordre du Bain. La médaille. Et puis plus rien. Sur la dernière page. Il est écrit de la main du professeur : « Savoir d'où on vient, c'est important. » Je... Je ne sais plus quoi penser. Cette histoire est trop ancienne pour concerner le père de Moriarty. Son grand-père alors ? Sortir. Partir loin d'ici. De toute cette accumulation de biens matériels, de richesses inutiles. Volés, dérobés, acquis par le mal... pour quelle raison ? Pour assouvir quelle pulsion, quel manque, quel ressentiment, ou même quelle vengeance contre l'Angleterre ? Les leviers. Me concentrer sur les leviers...

I – Cela ne donne rien, à moins que si... en **MORIAR-11, p. 247.**

II – Je pousse les leviers avec conviction.

Sortie vers **les tunnels**.

III – Je monte les manettes choisies, mais cela ne fonctionne pas.

Les tunnels

[Vous ne pouvez passer ici que si vous y avez été invité, pas la peine de tricher, petite fripouille !]

Une fois la porte refermée derrière nous, plus rien ne laisse voir qu'il y a un passage vers l'Antre. C'est un vrai trompe-l'œil. L'escalier en pierre taillée est beaucoup plus large, pratique.

Je comprends que toutes ces marchandises arrivent par ici. Nous remontons, je passe devant. Je commence à fatiguer. Je suis à la fois perturbé et satisfait de toutes ces découvertes, mais j'aimerais enfin sortir. Derrière, Adélaïde soutient Nash du mieux qu'elle peut. Je suis fatigué. Ces escaliers sont interminables. À un moment, la pierre cède le pas au bois, et nous arrivons sur un palier. Devant nous une porte métallique avec un système de fermeture complexe. Je ne pense pas que nous ayons ce qu'il faut pour l'ouvrir. Si Moriarty va et vient par là, il a, lui, des éléments qui nous manquent. J'ai eu beaucoup de chance, mais ma chance s'arrête ici. Derrière une simple porte de service, un étroit tunnel de brique s'ouvre... La seule issue, c'est ce tunnel. Nous passons, personne ne retient la porte, qui se referme derrière nous. En fait, on ne la voit plus. Encore un trompe-l'œil parfait. Il faut avancer, pas le choix.

Nous couvrons plusieurs mètres sans rencontrer de difficultés particulières. Des grouillements infimes me font penser que nous dérangeons sans doute quelques blattes et insectes, sur lesquels je préfère ne pas m'attarder. Le bruit de la rivière s'amplifie et résonne le long de la galerie souterraine. Les mousses et l'humidité suintent des parois. Des petits crabes blancs grouillent et se cachent à notre arrivée. Nous débouchons sur une rivière souterraine canalisée dans un tunnel en briques fortement incurvées. Ce doit être une des treize rivières de Londres aujourd'hui enterrées et qui servent encore à alimenter en eau la capitale et les brasseries de bière et de gin. Il n'y a pas de rebords, il faut marcher dans l'eau. La rivière est froide, mais peu profonde. Cette section du tunnel est plus grande, le niveau de l'eau est moins élevé, c'est moins dur que je ne l'imaginais. Nous progressons à bonne vitesse. Un petit animal a sauté à notre approche, une minuscule grenouille ! Quand je lève la lampe, j'aperçois des sortes de lianes très fines. Ce sont les racines d'arbres qui réussissent à passer entre les joints des briques pour aller chercher l'eau.

J'en déduis que nous arrivons sous un parc arboré. La progression dans l'eau froide jusqu'aux genoux est pénible. Nos pieds sont glacés. Je commence à me décourager, jusqu'au moment où un grondement se fait entendre, le son de la rivière s'amplifie. Nous continuons encore alors que le bruit de l'eau se fait de plus en plus fort. Devant nous, un rat s'enfuit en criant dans une anfractuosité.

Une crue ? Il a peut-être plu en amont ? Ou un lâcher d'eau ? Vite ! Heureusement, nous apercevons une issue sur le côté. Un nouveau tunnel à mi-hauteur. Nous nous y hissons juste à temps avant que le niveau de l'eau ne monte dangereusement. Nous reprenons notre souffle et vidons l'eau de nos chaussures. Ouf ! J'ai le temps de lire encore une vieille plaque marquée « Norwood Ouest » avant de reprendre notre marche folle le long de ce dernier tunnel ascendant.

Le bruit de l'eau courante s'éloigne enfin tandis que de plus en plus de racines pendent du plafond. Le tunnel est bientôt obstrué par une porte en bois que nous poussons sans trop de peine. Je débouche enfin avec mes compagnons sur un décor saisissant : de hautes voûtes gothiques blanches. Le sol est dallé comme dans une église. Et surtout des cercueils, des plaques funéraires avec des noms gravés sont soigneusement entreposés çà et là. Le long de ce nouveau couloir, des cavités, non, des cryptes privées, fermées, contiennent des cercueils en bois avec des ornements précieux : poignées ou décors sculptés, dorés, argentés. J'ai presque

l'impression de visiter le dernier show-room de chez Jay's, les fameux fournisseurs funèbres. Ce sont eux qui définissent les dernières tendances à la mode pour les enterrements des Londoniens aisés. J'avoue que je ne me sens pas trop le cœur de vérifier si ces cercueils sont vides ou occupés. L'architecture gothique et les grilles ouvragées me font penser à une vieille église, mais leur aspect est récent. Soudain, je comprends : nous sommes dans les catacombes néogothiques du cimetière de West Norwood ! Un cimetière ouvert en 1837, où l'on enterre les célébrités et les gens fortunés. Une église sert aux offices funèbres juste au-dessus de nous. Il doit y avoir un moyen de remonter, enfin, à la surface ! Je ressens enfin du soulagement après mes aventures souterraines. Si ce décor n'était pas lugubre, je serais presque joyeux.
J'accède à la partie **Cimetière de West Norwood**.

Cimetière de West Norwood

Je me précipite vers un escalier de service qui permet de remonter à la surface. Enfin « permettrait », parce que la grille du haut est verrouillée par un cadenas. Je n'ai aucune chance d'en avoir la clé. Je redescends rapidement et m'intéresse à un curieux dispositif estampillé de chez Bhamar & Robinson.

Un grand plateau, maintenu le long d'une colonne métallique, qui monte bien au-delà du plafond. Le tout est en fer peint en blanc. Ce monte-charge, enfin « monte-cercueil » si on veut, est un dispositif pneumatique qui permet aux croque-morts, là où nous sommes, d'amener et d'enlever le corps directement au milieu du chœur, dans l'église, pendant l'office funèbre. Il paraît que l'effet est saisissant ! C'est très moderne, les gens huppés en raffolent. Une manette en **U** est sur le côté, qu'il faut utiliser pour recharger l'énergie pneumatique nécessaire au levage. Un cercueil en bois massif avec un corps inerte dedans, c'est lourd, n'est-ce pas ? J'appelle Nash pour qu'il m'aide à pomper. La manette semble défectueuse, nous nous activons dans le vide, sans éprouver la moindre résistance. Il faudrait un outil pour réparer, resserrer les boulons ? C'est trop bête de rester bloqués comme cela ! Surtout si près de la fin.

Ce monte-charge d'un genre funèbre est notre seule issue.

I – J'utilise la brosse pour nettoyer un peu entre les rouages. Cela en avait bien besoin. J'accède aux moindres interstices. Je suis bien content d'avoir enfin trouvé l'usage de cet ustensile. Au diable Moriarty ! Que Watson se débrouille. Voyez-vous, dans la vie, il faut parfois trouver le sens de chaque chose. Alors c'est propre, mais ce n'est toujours pas fonctionnel.

II – Ce n'est pas fonctionnel.

III – Je suis si fier d'avoir pris cet outil dans la machinerie. Je resserre deux-trois boulons, et tout semble réparé. Nous rechargeons le système en air comprimé. Puis Miss Peekbroke et Nash s'assoient sur le plateau d'habitude réservé au cercueil. J'enclenche la montée. Elle est très lente, régulière, cérémoniale. Je grimpe sur le monte-charge avec le secours du bras valide de Nash. Je n'ai qu'une hâte, c'est sentir l'air frais sur mon visage ! Pourtant, cette histoire ne touche pas encore à sa fin, Watson est toujours manquant à l'appel ! Je me rends à **l'Épilogue, p. 251.**

LE PIÈGE DE MORIARTY

CARNET DE NOTES

Règles du jeu

Vous avez peut-être participé un jour à un Escape Game, ce jeu où il faut trouver le moyen de sortir en moins d'une heure d'un lieu clos en résolvant des énigmes. L'Escape Book en reprend les codes et les principes. Bien sûr, il n'y a pas de limite de temps. Mais il y a des énigmes et des épreuves ! Seule votre astuce vous permettra de sortir de ce livre ! Pour vous guider, voici un petit ensemble des principales règles du jeu.

Explorer les différentes salles

Le narrateur est seul, enfermé dans un lieu clos. Au début du livre, malgré une certaine liberté de mouvements, vous ne devrez lire que la description des salles auxquelles vous avez accès. Si l'une d'elles est bloquée par un obstacle, un code, un ennemi que vous n'avez pas vaincu ou toute autre raison, vous ne pouvez pas en lire la description. Laissez-vous guider par les indications qui vous préciseront clairement si vous pouvez continuer votre lecture ou pas. Si vous avez un doute, le texte vous rappellera si vous pouvez poursuivre votre exploration ou, au contraire, ce qu'il vous faut pour avancer. N'oubliez pas que vous disposez aussi d'un plan !

Du coup, si vous souhaitez vous rendre dans une pièce accessible et qu'il faut pour cela traverser une autre pièce, commencez par cette dernière. Vous risqueriez sinon de manquer un truc intéressant. Pour les salles que vous pouvez visiter, la description s'organise toujours de la même façon : le titre de la salle, puis le détail de ce que le narrateur peut voir en entrant dans la pièce et en explorant sommairement les lieux. Enfin, après la description, vous trouverez trois paragraphes numérotés I, II, et III. Ces paragraphes ne doivent être lus que dans certaines conditions. Ils contiennent des éléments supplémentaires sur la pièce que vous explorez mais que vous ne pouvez découvrir que si vous avez résolu des énigmes ou accompli certaines actions. Comment savoir si vous pouvez lire ces paragraphes ? Le plus souvent, en résolvant une énigme, vous serez invité à vous rendre à l'un de ces paragraphes de la manière suivante : « Allez à l'Entrée

III. » Dans cet exemple, vous êtes invité à lire le contenu du paragraphe III de la salle en question.

Trouvez des objets et les utiliser

Au fur et à mesure de votre progression, le narrateur sera amené à trouver des objets. Certains seront très utiles, d'autres beaucoup moins. Ces objets sont appelés des « **Trouvailles** ». Ils sont tous décrits dans les annexes, p.198. Bien entendu, vous ne devez consulter la description d'une trouvaille que si vous l'avez effectivement récupérée dans l'une des salles. Un petit conseil au passage : lisez bien la description. Elle contient parfois des informations que vous ne trouverez nulle part ailleurs. Très souvent, la trouvaille est aussi décrite avec un ou plusieurs symboles. Parfois, ces objets peuvent être combinés entre eux ou utilisés dans une salle sur un élément du décor en particulier. C'est le mécanisme des *combinaisons*. Est-ce que c'est cette clé qui ouvre cette porte ? Est-ce que je vais parvenir à forcer ce coffre avec ma canne-épée ?

Les combinaisons sont là pour répondre à ce type de question. Pour savoir si une combinaison fonctionne, vous devez mettre ensemble les symboles des objets que vous souhaitez utiliser et vous reporter au tableau p. 181. Si vous y trouvez votre combinaison, c'est qu'il va se passer quelque chose. Lisez alors l'effet produit dans le tableau. Si vous avez été malin et que cette combinaison est possible, on vous dira de vous rendre à tel ou tel endroit pour découvrir le résultat. Enfin… il se peut aussi que l'effet produit ne soit pas tout à fait conforme à vos attentes… Vous le saurez vite si c'est le cas et votre narrateur devra en assumer les conséquences.

Utiliser des codes pour ouvrir des portes

À de nombreuses reprises, vous pourrez vous retrouver confronté à une porte à code bloquant le passage. Souvent, vous devrez trouver un indice ou résoudre une énigme pour trouver le bon code. Une fois que vous êtes sûr, ou presque sûr, de disposer du bon code pour ouvrir la serrure, vous pouvez vous rendre en p.181.

– Si vous n'y trouvez pas votre code, c'est que celui-ci ne marche pas. Point. Vous vous êtes planté. Ce n'est pas grave, on vous donnera une seconde chance.

– Si vous y trouvez votre code accompagné du symbole de la salle dans laquelle vous utilisez le code, bingo, vous êtes un champion ! Vous avez le bon code. Savourez cette victoire en lisant l'indication qui vous est donnée dans le tableau.

– Si vous y trouvez votre code mais accompagné d'un symbole différent de celui de la salle où vous vous trouvez, désolé, mais cela ne fonctionne pas. Il vous faut ravaler votre fierté et essayer autre chose. Attention : un code ne peut servir à ouvrir qu'une seule serrure. Petit avertissement : n'essayez pas n'importe quel code à tout moment. Certains pourraient avoir des conséquences… disons… fâcheuses. Le même mécanisme des codes peut servir à ouvrir des cadenas ou des coffres.

Des messages codés ou chiffrés

Dans cet opus, de nombreux indices ou messages sont codés. À vous de les décoder ! Ils peuvent vous permettre d'avancer dans votre enquête ou de faciliter d'autres énigmes. Ne vous découragez pas, vous trouverez de l'aide au cours de votre exploration. Parfois, un indice trouvé dès le début ne peut vous servir qu'à la toute fin !

Memento

Je note ici tout ce dont je veux absolument me souvenir.

Combinaisons des touches du piano

Je peux choisir de jouer un morceau de musique sur le piano, histoire de tester si cela ne sert pas de déclencheur à un ingénieux mécanisme.
Voici les morceaux que je peux essayer et le résultat en me reportant au paragraphe noté.

God Save the Queen	*Ré*
L'air de *The House That Jack Built*	*La*
Mary a un petit agneau	*Si*
L'air de l'oiseau en cage	*Do*

« Do » :

À peine ai-je commencé à jouer que l'oisillon se joint à moi. Nous formons un duo charmant, qui aurait à coup sûr un certain succès dans les cabarets : « Le policier gobeur et l'oiseau chanteur », qu'on l'appellerait. Mais qu'est-ce que je fais ? Je dois me ressaisir ! Je sors de ma rêverie en salon III.

« Ré » :
Savez-vous que même si cette chanson est extrêmement populaire partout dans l'Empire britannique, elle ne constitue pas l'hymne national, car nous n'en avons pas ? Je retourne en salon III.

« La » :
J'ai l'impression de retomber en enfance en jouant ce morceau. Je repense à ma mère, qui me la chantait pendant que mon père, marin de commerce, était parti au loin… Je retourne au salon I.

« Si » :
Quelle jolie petite chanson, je suis si heureux de la jouer ! Saviez-vous qu'elle a été inspirée par un incident réel ? Un jour, une petite fille, Mary Sawyer, est venue à l'école avec son agneau domestique. Charmant. Je bêle de béatitude en salon III.

Combinaisons

Association	Résultat
ε + ☼	Elle tourne dans le vide.
τ + ζ	Je découvre le contenu de l'observatoire III.
η + ζ	La clé est bien trop grosse !
Σ + ε	Non, je vais tout casser.
Σ + θ	Cela ne fonctionne pas vraiment. Je pense que je vais casser un des deux objets si j'insiste.
ε + θ	La clé s'insère, mais elle est trop petite.
η + θ	Cela va parfaitement (Office, III).
ζ + θ	Ça n'entre pas.
λ + 1	Cuisine I
λ + 2	Office I
λ + 3	Cuisine III
💧 + ☼	L'escalier de la cave III

Combinaisons de l'ascenseur

Alors, voici les manipulations que je peux essayer en combinaison avec les boutons de l'ascenseur. Une fois, quand j'étais petit, mes parents sont descendus dans un hôtel prestigieux. J'étais fasciné par le travail du garçon d'ascenseur ! Groom, c'était un boulot de rêve pour un petit garçon. Jouer avec tous ces boutons. À mon tour !

0 L'ascenseur vibre un coup et se met en marche. Il descend lentement. C'est agréable. Je préfère les escaliers, c'est meilleur pour le souffle, mais bon, pourquoi pas ? Me voilà arrivé à l'**ascenseur I** au **rez-de-chaussée**.

1 Je me retrouve en **Ascenseur, 1er étage I.**

1 + 0 C'est une bonne idée, mais il manque sans doute un élément et je me retrouve en **Ascenseur I.**

0 + 0 La tête à toto, c'est bien connu. OK, je sors de l'**ascenseur I** au **rez-de-chaussée**.

1 + 1 égalent deux. Il manque quelque chose. Et je suis en **Ascenseur, 1er étage I**.

ζ + 0 La clé s'adapte plutôt mal dans la serrure. Je suis obligé de forcer. Je me retrouve à l'**ascenseur**

du **rez-de-chaussée**. C'est comme si je n'avais pas la bonne clé.

ζ + 1 Je maltraite cette pauvre clé qui ne veut pas entrer. J'appuie sur le bouton et ça m'emmène à l'**ascenseur, 1er étage I**. Super ! ça ne change rien.

ζ + 0 + 1 Je pousse très fort sur la clé pour la faire entrer. Je n'arrive pas à la tourner. Puis si j'appuie sur le 0 et le 1. Je me retrouve à l'**ascenseur, 1er étage I**.

ε + 0 L'ascenseur redescend doucement. Je suis en sueur, je n'aime pas ces engins-là. La porte s'ouvre sur **l'ascenseur I** du **rez-de-chaussée**.

ε + 1 La clé ripe d'abord sur le bord, mais elle entre. J'essaie de tourner. À gauche, rien, à droite, OK. J'appuie. L'ascenseur monte lentement pendant un long moment. J'ai un peu d'appréhension et je me retrouve à **l'ascenseur 1er étage III.**

ε + 0 + 1 La clé entre en visant bien. C'est juste, mais cela passe. Je la tourne et j'entends un clic. J'appuie sur les boutons. L'ascenseur s'ébranle et je me retrouve encore en **Ascenseur, 1er étage I**. Tout ça pour ça ?

ε + 1 + 0 Je tremble un peu et je dois m'y reprendre à deux fois pour entrer la clé. Une fois entrée, la tourner est facile. Il n'y a plus qu'à appuyer sur le bouton. L'ascenseur réagit et je me retrouve en **Ascenseur, 1er étage III**.

ε + 1 + 1 La clé entre en visant bien. Je la tourne et j'entends un clic. J'appuie sur les boutons. L'ascenseur monte, monte, monte, mais où va-t-il donc ? Il se stabilise et je découvre **l'observatoire.**

ε + 0 + 0 La clé entre à peine. Je la tourne, ça s'enclenche. OK. J'appuie sur les touches. L'ascenseur descend, descend, mais où va-t-il donc ? Il se stabilise et je me rends au **niveau secret.**

η + 0 C'est assez clair que cette clé n'entre pas. Le comportement de l'ascenseur est donc normal, je me retrouve au **rez-de-chaussée.**

η + 1 Cette clé n'est manifestement pas faite pour cette serrure-là.

η + 0 + 1 La clé ne semble pas vouloir entrer. J'insiste, elle m'échappe et tombe par terre. Non, inutile.

η + 1 + 1 J'ai beau m'appliquer, la clé ne pénètre pas.

Combinaisons des manettes

Cinq leviers, représentés chacun par un symbole, avec juste deux positions : haut ou bas. Cela paraît simple. Avant d'essayer, il vaudrait mieux que je comprenne la signification de ces symboles, non ? Allons, réfléchissons, que sais-je du propriétaire de cette maison ? Où ai-je déjà pu voir ces symboles ? Ça me reviendra peut-être en feuilletant mes documents ? Et une fois que j'aurai trouvé ce que c'est, je dois juste chercher un indice, une phrase qui me permettrait de trouver la bonne combinaison au lieu d'essayer au hasard.

Levier	☉	☿	♀	⊕	☽
Haut	1	1	1	1	1
Bas	0	0	0	0	0

Alors, c'est simple, pour chaque levier que je monte, je note une valeur de 1. Si je laisse le levier en bas, ça reste à 0. Je note donc 0 ou 1 pour chaque symbole. Pour essayer une combinaison, je compare le nombre que cela forme avec le texte du paragraphe correspondant. Je suis toujours prisonnier du sas jusqu'à nouvel ordre ! Donc, au départ, comme tous les leviers sont abaissés, cela donnerait la combinaison 00000.

00000 : c'est la situation de départ des leviers, tous abaissés. Il ne se passe rien.
10000 : Ascenseur III.
01000 : Cave I.
00100 : Salle de bains III
00010 : Salle de billard I.
00001 : Bureau d'études I.
01100 : Sas III.
01110 : Bureau d'études III.
01101 : Cave I.
01111 : Ascenseur II.
10001 : Sas I.
10011 : Salle de billard III.
01111 : Bureau d'études III.
11111 : Sas I.

Codes numériques

Code	Symbole	Résultat
57-49	κ	Chambre d'ami I
47-61	κ	Salle à manger III
47-92	κ	Office I
91-72	κ	Bureau secret I
79-84	κ	Bureau secret III
90-61	κ	Salle de bain III
70-74	κ	Salle de billard I
33-91	κ	Salle de billard III
83-48	κ	Chambre I
BONE	π	Chambre d'ami I
CAKE	π	Cellier I
CANE	π	Dressing I
CAFÉ	π	Cellier III
CAVE	π	Salle de bain III

Code	Symbole	Résultat
COIN	π	Entrée I
CORN	π	Bureau III
COOK	π	Cellier I
COWS	π	Chambre I
ROBE	π	Salle de bain III
TODO	π	Office I
111	Ω	C'est beaucoup trop simple pour un code !
512	Ω	Une base huit, cette fois ? Pas bête, mais non.
1501	Ω	Je pense que cela fait trop de 1.
1815	Ω	C'est bien pensé, mais ça n'est pas ce genre de code.
4096	Ω	Je vais en Bureau secret I.
4913	Ω	Je sens que je touche la réponse du doigt.
5832	Ω	Je retourne en Porte fermée III.

Code	Symbole	Résultat
17576	Ω	Ça me paraît contradictoire avec d'autres indices.
19683	Ω	C'est bien raisonné. Si j'utilisais tous les outils en ma possession pour restreindre les possibilités ?
151815	Ω	C'est trop long et surtout contradictoire avec d'autres indices.
Alpha– V	α	Le jour se lève sur les anciennes colonies de l'Empire britannique. Heureusement, il nous reste le dominion du Canada !
Alpha– IV	α	Buenos Aires, vraiment ?
Alpha– III	α	Les États-Unis du Brésil, la « république café au lait » comme on dit !
Alpha– II	α	Pas loin de l'Islande, pour le soleil, je repasserai.
Alpha– I	α	L'extrémité de l'Afrique de l'Ouest, oui pourquoi pas.

Code	Symbole	Résultat
Alpha 0	α	Juste à côté de Londres, le méridien de Greenwich, c'est lui le 0. Ce n'est donc pas Paris, et encore moins Versailles, ville du Roi-Soleil.
Alpha I	α	Pile-poil entre Rome et Berlin, un axe à problème.
Alpha II	α	Pays du dieu Soleil. Amon-Râ ! Je pointe sur Le Caire. Bibliothèque III.
Alpha III	α	En plein chez nos cousins russes !
Alpha IV	α	C'est très grand, la Russie des tsars.
Alpha V	α	L'Inde, notre joyau, merveilleuse colonie, la préférée de Victoria.
Alpha VI	α	Ça n'a pas l'air de donner quoi que ce soit. Tout cela est bien hermétique.

Code	Symbole	Résultat
Alpha VII	α	Le globe tremble sur son axe. Je suis maladroit ! J'ai failli tout casser. Essayons autre chose.
72	μ	Rien à voir. Niveau secret III.
73	μ	C'est présomp-tueux. Niveau secret III.
74	μ	C'est celui de Moriarty, pas le vôtre ! Niveau secret III.
75	μ	Et le poids de toutes vos trouvailles ? Vous l'avez oublié ? Niveau secret III.
76	μ	Retenez votre souffle ! Niveau secret I.
77	μ	Vous avez mangé tout le pudding ? Niveau secret III.
91	μ	C'est une erreur compréhensible. Niveau secret III.

Morts

MORIAR-1

Bon sang, il n'y a pas d'ouvertures. Je ne peux pas sortir ! J'essaie de pousser la paroi de toutes mes forces. Rien ne bouge. Je commence à devenir claustrophobe. Je sue, je m'affole un peu. J'essaie une autre combinaison de touche. Pourtant la clé est toujours enclenchée. Rien ne marche. Je la retire si impatiemment qu'elle glisse et tombe à mes pieds. Bon, j'appuie juste sur le 0 comme dans n'importe quel ascenseur. Ça ne fait rien. Le 1 alors ? Toujours rien. Purée, c'est pas possible !!! Là je m'affole un peu. J'essaie toutes les combinaisons, l'ascenseur ne bouge pas. Je panique… Puis je finis par taper partout. J'aimerais défoncer le plafond de ce maudit ascenseur, mais je l'atteins à peine en sautant. J'entends du bruit. Des hommes sont entrés dans la maison. Je résiste à l'idée d'appeler stupidement au secours. Quelque chose s'active. Le plafond s'enlève, un jeune homme me dévisage : « Ce n'est pas lui, professeur ! – Quoi, comment cela ? répond une voix désagréable et impérieuse – Comment vous appelez-vous, monsieur ? » demande le garçon.

Je ne suis pas en position de faire le malin : « Inspecteur MacDonald, du Yard, faites-moi sortir d'ici ! » Là, une silhouette haineuse d'un homme plus âgé se penche sur le trou dans lequel je suis prisonnier et dit : « Qu'est-ce que c'est ? Un déguisement ? Non, ce n'est pas Holmes ! »
Je crois le reconnaître, c'est Moriarty. Je tente le bluff : « Au nom de la loi, délivrez-moi immédiatement. Mes hommes vont venir ! » Moriarty répond : « Tuez-le. Tenez, essayez le gaz sur lui. » Je hurle. Quelqu'un revient avec une petite bonbonne de verre et la balance dans l'ascenseur, et referme aussitôt le plafond comme on enferme un insecte dans un bocal. Je suis fait comme un rat de laboratoire… Je tente de me saisir de la fiole pour m'en débarrasser, mais elle s'est fissurée à l'impact sur le sol ; je ne fais que la briser plus. Un gaz vert s'échappe, je le vois maintenant. Mes yeux me piquent, la gorge me brûle, je suffoque… Je m'affaisse contre la cloison de l'ascenseur. Le méchant rictus du Pr Moriarty sera la dernière image que j'emporterai avec moi dans l'au-delà…

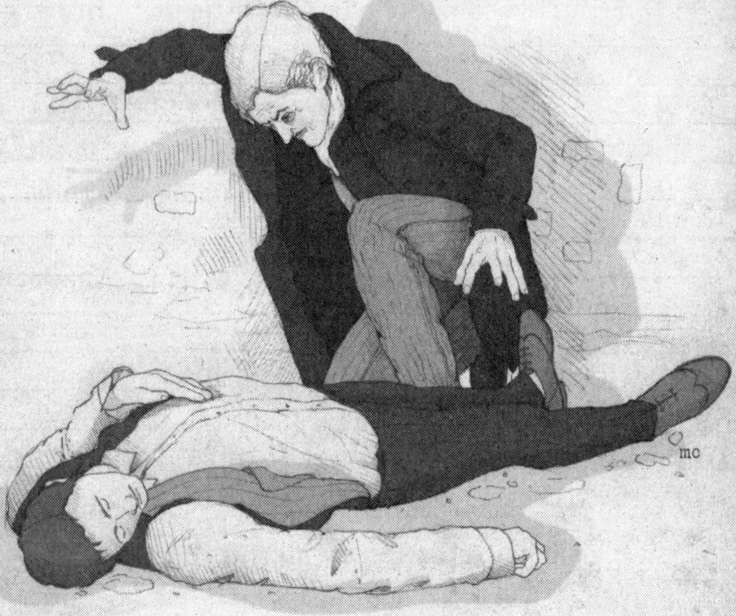

MORIAR-2

Je me suis fracassé contre la paroi et le sol. J'ai la jambe cassée et je souffre atrocement. Je suis abasourdi. Mais pourquoi ? Je vais crever comme un rat… Ah justement en voici un. C'est horrible… J'ai dû vraiment faire de mauvais choix pour en arriver là. En tout cas, pour moi c'est la FIN.

MORIAR-3

Je me sens mal à l'aise entre les deux trafiquants. Le tenancier me fixe comme un chat qui regarde une souris. Je tente de me justifier : « Écoutez, je me fous complètement de ce qui se passe ici, j'ai une affaire de vie ou de mort bien plus importante. Laissez-moi sortir, bandez-moi les yeux s'il le faut ! Je ne dirai rien. » Le contrebandier secoue la tête : « Trop de clients là-haut, trop de monde dans la rue… On fera ça au petit matin. – Mais je dois y aller mainte… » Une matraque s'est abattue sur ma tête. Noir. Néant. Lorsque je me réveille, des heures plus tard, je suis assis contre un pan de mur, dans le fond d'une ruelle sordide. Je pue l'alcool bon marché qui imprègne mes vêtements. Une bouteille quasi vide est abandonnée près de moi. On m'a dépouillé. La matinée est déjà bien avancée et je ne suis plus d'aucune utilité à Sherlock Holmes, ni même à la police de Scotland Yard. Je suis vivant, c'est là tout ce qui me reste.

MORIAR-4

Le temps de comprendre, une brusque montée des eaux nous emporte… J'essaie de m'accrocher, mais les murs sont trop glissants et le flot trop fort. Je suis emporté par le courant. Je me maintiens quelque temps, moitié nageant, moitié bringuebalé contre les murs. J'ai les mains écorchées. Je bois de plus en plus la tasse, je n'ai plus de souffle. J'ai perdu mon compagnon de vue. Nous finissons noyés. Ma dernière pensée est pour ma mère, qui m'interdisait toujours de jouer trop près de la rivière de peur que je me noie…

MORIAR-6

Une odeur désagréable se répand dans la pièce. Mes yeux se mettent à me piquer. Je panique, j'essaie de remettre vite les manettes dans une autre position. Je n'aurai pas de 3e chance, si je me trompe encore, après j'irai en MORIAR-7.

MORIAR-7

Je me souviens d'avoir perdu conscience. Un grand trou noir. Lorsque j'émerge des limbes, on me donne de grandes claques. « Alors inspecteur, il ne faut pas que vous loupiez cela ! » On brandit sous mes yeux nébuleux un journal fraîchement imprimé. Les gros titres ne laissent aucun doute sur l'issue de cette histoire : « Le plus gros bijou de la Couronne dérobé. Scotland Yard ridiculisé. Sherlock Holmes perd son meilleur ami. » J'essaie de bouger mes membres engourdis et d'articuler quelque chose, mais rien ne sort. « Voyez, le professeur gagne toujours à la fin. Ça ne sert à rien de s'opposer à lui ! » Là-dessus quelqu'un actionne un levier, je sens une trappe s'ouvrir et le sol se dérobe sous moi… Je tombe… je tombe si longtemps que je ne crois pas que ce soit possible, ce doit être un cauchemar…

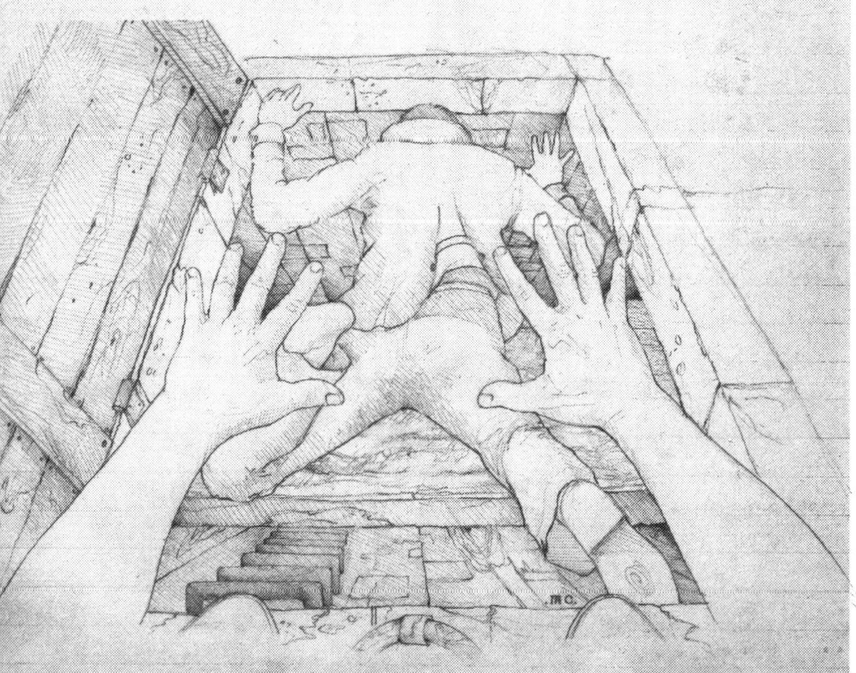

Trouvailles

α La rotation du globe terrestre

Le globe terrestre qui se trouve dans la bibliothèque de Moriarty. Une chose est sûre, chaque fois que je le tourne de 15°, j'entends le clic d'un mécanisme à l'intérieur. Si j'observe attentivement, je vois que chaque déclic correspondant au passage d'une longitude. Je les vois bien sur le haut de la carte du monde. Elles sont numérotées de 0 à VII. Bien, si je veux tourner ce globe terrestre, je me rends dans les **Codes numériques**.

β Le registre

Registre banal à la couverture de cuir noir. Bertrand imprimeur utilise un logotype « bêta » en dorure sur la couverture. Son contenu est très précieux et j'en peux lire un aperçu dans l'annexe. Il pèse un certain poids, pas seulement comme preuves pour démanteler le réseau Moriarty !

Γ Outil ou clé en laiton ?

L'objet en laiton entre l'outil et la clé en forme de Γ (**gamma**) me rappelle les passe-partout des conducteurs de train. L'usage précis de cet objet m'échappe.

ε Clé en laiton

C'est la clé en laiton que j'ai trouvée dans le globe terrestre. Sa tête tient bien entre les doigts et a cette forme ε caractéristique. Elle comporte des éraflures à l'extrémité de la tige.

ζ Clé astiquée

J'ai trouvé cette petite clé astiquée par la bonne de Moriarty sur un plateau. Le motif ζ, « zêta » en grec, est finement gravé dessus.

η Clé argentée

J'ai trouvé cette clé dans la chambre. C'est une clé assez rustique, lourde et argentée. Le panneton est en forme de η, l'« êta » grec, mais c'est peut-être une coïncidence.

θ Serrure

C'est le dessin stylisé en « thêta » de la serrure en argent du buffet. Je peux essayer de l'ouvrir avec une **Combinaison**.

ι Brosse de nettoyage

C'est la brosse qui sert à nettoyer les canons de pistolet.

κ Cadrans kappa

Les deux cadrans de 00 à 99 du coffre-fort Chubbs qui doivent être tournés pour trouver la bonne combinaison.

λ Sélecteur du passe-plat

Le sélecteur d'étage pour envoyer le passe-plat de la cuisine a cette forme ciselée aux extrémités qui rappelle le « lambda » grec.

μ

C'est la valeur du cadran numérique dans le couloir du 2e étage. Lorsque je l'ai trouvée, elle était réglée sur 74.

ξ Un tire-bouchon

Alors là, si l'extrémité de ce tire-bouchon ne ressemble pas à la lettre « xi », je veux bien être pendu !

π

Le cadenas à combinaison de lettres. Il comporte quatre roues crantées, gravées de plusieurs lettres. Chaque roue est indépendante et tourne pour former des mots de quatre lettres. Un bon moyen de se souvenir de la combinaison. Le mot est sûrement noté quelque part, visible par les personnes qui doivent accéder à la cave !

ρ

Une clé anglaise basique, qui permet de tourner des écrous et boulons de diverses tailles grâce à son écart variable. On dit « anglaise » alors que son inventeur est américain.

Σ Canne-épée

C'est la canne-épée qui est marquée d'un SOLINGEN sur la lame. Elle est bien affûtée et c'est une vraie arme, même s'il faut du recul pour se défendre avec. Ce serait parfait pour dissuader ou faire fuir les agresseurs dans la rue si elle n'avait cette poignée en forme de tête de canard absolument ridicule.

Ω

Le cadran chiffré de la porte fermée du 2e étage.

♦ Lampe

Une lampe à pétrole qui me sert à voir dans le noir.

Loupe

C'est une loupe à manche de noyer et au pourtour doré. C'est l'outil principal du détective, et je peux examiner des détails ou des indices avec. Pour cela je peux désormais lire l'entrée II. des pièces.

Trouvailles supplémentaires

Documents

Extraits de la monographie de Sherlock Holmes sur les codes secrets

I. III.

Codes de substitution monoalphabétique

Les codes les plus élémentaires remplacent les lettres de l'alphabet par autre chose : une autre lettre, un chiffre ou un symbole. Les exemples les plus connus sont le chiffre de César, le code des hommes dansants ou celui du Scarabée d'or d'Allan Poe (1843).

Le code de César utilise un décalage constant de lettres dans un alphabet qui n'est pas mélangé.

Il est facile de déchiffrer un tel code, avec une analyse de fréquence. Il s'agit de repérer dans le message codé les répétitions d'une même lettre ou d'un même symbole.

En français, les lettres les plus fréquentes sont E, puis S, A, N et enfin T.

Les lettres doubles les plus utilisées sont SS, EE, LL, TT, MM et NN. Quand on remarque deux fois à la suite le même symbole ou la même lettre codée,

on peut donc en déduire qu'il s'agit d'un S, E, L, T, M ou un N.
Le Q est souvent suivi d'un U comme dans « que » ou « qui », et le C d'un H pour faire « che ».

I. V.
Mot probable

Si le message a pour but de donner des consignes, on peut s'attendre à y trouver des verbes à l'impératif comme PRENEZ ou à l'infinitif comme PRENDRE. Les termes comme RENDEZ-VOUS ou SOYEZ À ont également de fortes probabilités d'être présents.
Encore mieux, si vous savez déjà à qui est destiné ou de qui provient le message, il y a de fortes chances que son nom apparaisse au début ou à la fin du message.

III. I.
La stéganographie

C'est l'art de cacher un message important au milieu d'informations anodines. En Angleterre, avant la naissance du télégraphe, on perçait de minuscules trous, en se servant d'une simple épingle à nourrice ou d'une aiguille de couture, les lettres d'un texte, à une page convenue, pour former un texte secret. Les vieux journaux étaient le support idéal pour cela, car avec les tarifs postaux exorbitants, les courriers longue distance étaient onéreux, tandis que les journaux déjà oblitérés pouvaient être expédiés à volonté dans tout le pays. Le destinataire n'avait qu'à lire le journal devant la lumière pour repérer les trous et recomposer le message.

Un autre procédé connu consiste à mettre un point ou un quelconque signe distinctif sur les lettres : écriture plus épaisse, usage de majuscules différentes, etc. Le code de Bacon emploie une variante perfectionnée de ce procédé.

Enfin, selon le bon vieil adage, est bien caché ce qui se voit. Des messages secrets peuvent être cachés au milieu de textes anodins : petites annonces, listes de courses. Il suffit de se mettre d'accord avec le correspondant.

V. II.

Le code des hommes dansants

Ceux qui suivent mes aventures romancées par ce bon Dr Watson se rappelleront sans doute cette aventure des Hommes dansants, qui a été l'occasion pour moi de découvrir un code pourtant simple, qui se cachait sous un aspect anodin.

Le lecteur se rappellera que des gribouillages d'aspect enfantin étaient écrits à la craie sur les portes, les murets de la propriété de M. Cubitt. Cela impressionnait grandement Mme Cubitt, son épouse, d'origine américaine. L'histoire retiendra qu'ils étaient des messages du criminel Abe Slaney, de Chicago, à destination de son ex-fiancée Elsie, devenue depuis l'honorable Mme Cubitt. Ces dessins étaient une sorte de code connu d'eux seuls. Ils se présentaient comme des ribambelles de bonshommes dansants, par exemple :

Il s'agit en fait d'un code de substitution mono-alphabétique de plus, utilisant les différences entre les bonshommes au niveau des bras et des jambes pour créer un alphabet alternatif. Chaque petit personnage représente une lettre.
Une variante utilise des petits drapeaux dans la main du personnage qui représentent la dernière lettre d'un mot.

V. III.
Conventions cryptographiques

Parce que nombre de codes utilisent une grille carrée, comme un carré de 5 x 5 pour composer une grille de 25 lettres, il est admis que certaines des 26 lettres de l'alphabet sont omises ou regroupées pour atteindre le total de 25. Ainsi, on aura déterminé que les lettres I et J sont équivalentes ou bien V et W.

Les tours de Londres
(extrait du guide touristique Joanne de Londres)

Sur la face nord sont les restes de la tour Bowyer, où la légende dit que le duc de Clarence fut noyé dans un tonneau de malvoisie, et de la tour de Briques, où Jane Grey fut emprisonnée avant son exécution. On traverse ensuite la place d'armes et l'on s'arrête au pied de la tour Wakefield, près de l'entrée de la tour Sanglante. Le gardien actionne une cloche, la petite porte s'ouvre et l'on monte dans la pièce où sont gardés les joyaux de la Couronne. Ils sont rangés sur une étagère recouverte de velours cramoisi, enfermés dans une double cage de verre que protègent d'épais barreaux de fer. La pièce n'a que deux fenestrons, où un enfant ne passerait pas.

Inventaire des joyaux

– Nouvelle couronne impériale, faite pour la reine Victoria. Les courbes d'argent qui la forment sont rehaussées de diamants et garnies de velours pourpre. La petite boule placée au sommet porte une croix de diamants au centre de laquelle brille un magnifique saphir ; sur le devant de la couronne est un rubis en forme de cœur, que l'on dit avoir appartenu au Prince Noir. Le tout pèse 1.25 livre et vaut 2 800 000 francs.

– Deux sceptres. L'un terminé par une croix ; l'autre, plus allongé, par une colombe. Ils sont tous deux richement décorés de pierreries.

– Bracelet du *Koh-i-Noor*, au centre duquel est le fameux diamant indien. Ce diamant pèse 105 carats (21,61 g). Il a été offert à la reine Victoria le 3 juillet 1850 pour le 250e anniversaire de la Compagnic anglaise des Indes orientales.

– Globe, de 15 cm de diamètre ; il est orné de pierres précieuses : sous la croix brille une magnifique améthyste.

– Globe de la reine, plus léger que le précédent, mais non moins riche.

– Sceptre d'ivoire de la reine, fait pour la femme de Jacques II ; il se termine par une colombe d'onyx blanc.

La plupart de ces joyaux servent dans les grandes cérémonies. Leur valeur est estimée à plus de 75 millions de francs.
Les gardiens de la tour portent encore le costume du Moyen Âge, à peine modifié en 1858 : chapeau rond en velours brodé de rubans bleus, blancs et rouges, et blouse en drap noir chamarrée de cordons rouges. Ils portent sur la poitrine les armes d'Angleterre et les deux lettres V.R. (Victoria Regina). On leur donne communément le titre de *beefeaters* (« mangeurs de bœufs »), par corruption de l'ancien mot français « beaufetiers ». Ce corps fut organisé en 1493 par Henri VII. Ils sont une centaine et sont recrutés parmi les anciens combattants les plus décorés.
Parmi eux, l'un a la charge de nourrir et soigner les célèbres corbeaux de Londres. En effet, selon la légende séculaire, si les corbeaux des tours de Londres sont perdus ou envolés, la tour blanche s'effondrera et la monarchie britannique avec elle. Le « Ravenmaster » a donc pour tâche de maintenir les oiseaux dans le périmètre aux moyens d'ailes tronquées et de les nourrir avec

de la viande de bœuf crue. Cette viande est achetée au marché de Smithfield. Le Yoeman Ravenmaster actuel est Robert Nash.

Histoire des jeux de cartes

C'est ainsi qu'en Allemagne, le grelot remplace le carreau, le gland le trèfle, et la feuille le pique. Le cœur reste inchangé.

L'Angleterre se calque sur le jeu de cartes français traditionnel, avec des figures plus simples. Cependant, sachez que si vous jouez avec un Anglais ou un Américain il appellera le valet « Jack » ou « Knave », ce qui signifie aussi un jeune domestique.

Autre curiosité de la langue, si cœur et pique se traduisent littéralement *hearts* et *spades*, on dira *diamonds* et *clubs* pour « carreau » et « trèfle » outre-Manche.

Les figures des cartes françaises du XIXe sont dites « au portrait double ». En effet, leur dessin d'homme ou de femme est coupé en deux en diagonale et reproduit symétriquement. L'iconographie des neuf preux apparaît au XVe siècle et est inspirée d'une nostalgie chevaleresque. On y reconnaît donc des héros de l'Antiquité comme Alexandre le Grand, Hector de Troie et Jules César, de l'Ancien Testament comme David, et du Moyen Âge comme Charlemagne.

Valets	Dames	Rois
 **Lahire** compagnon d'armes de Jeanne d'Arc	 **Judith** personnage biblique	 **Charles** Charlemagne ou Charles VII
 **Hector** héros de la guerre de Troie	 **Rachel** personnage biblique	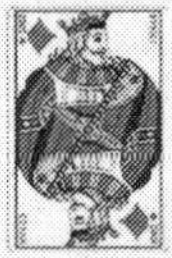 **César** Jules César
 **Ogier** (ou *Hogier*) l'un des preux de Charlemagne	 **Pallas** Pallas Athéna	 **David** héros biblique
 **Lancelot** Lancelot du Lac	 **Argine** anagramme de *regina*	 **Alexandre** Alexandre le Grand

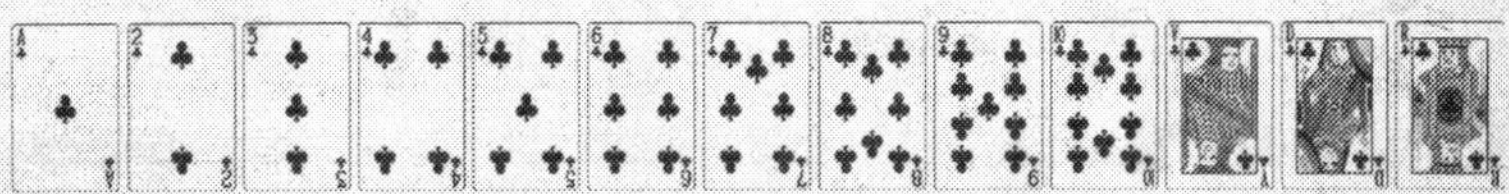

« This Is the House That Jack Built »

This Is the House That Jack Built

This is the House that Jack built.

This is the Malt,
That lay in the House that Jack built.

This is the Rat,
That ate the Malt,
That lay in the House that Jack built.

This is the Cat,
That killed the Rat,
That ate the Malt,
That lay in the House that Jack built.

This is the Dog,
That worried the Cat,
That killed the Rat,
That ate the Malt,
That lay in the House that Jack built.

This is the Cow with the crumpled horn,
That tossed the Dog,
That worried the Cat,
That killed the Rat,
That ate the Malt,
That lay in the House that Jack built.

This is the Maiden all forlorn,
That milked the Cow with the crumpled horn,
That tossed the Dog,
That worried the Cat,
That killed the Rat,
That ate the Malt,
That lay in the House that Jack built.

La maison que Jack a bâtie

C'est la maison que Jack a bâtie.

C'est le malt
Qui était dans la maison que Jack a bâtie.

C'est le rat
Qui a mangé le malt
Qui était dans la maison que Jack a bâtie.

C'est le chat
Qui a tué le rat
Qui a mangé le malt
Qui était dans la maison que Jack a bâtie.

C'est le chien
Qui a inquiété le chat
Qui a tué le rat
Qui a mangé le malt
Qui était dans la maison que Jack a bâtie.

C'est la vache à la corne froissée
Qui a encorné le chien
Qui a inquiété le chat
Qui a tué le rat
Qui a mangé le malt
Qui était dans la maison que Jack a bâtie.

C'est la jeune fille esseulée
Qui a trait la vache à la corne froissée
Qui a encorné le chien
Qui a inquiété le chat
Qui a tué le rat
Qui a mangé le malt
Qui était dans la maison que Jack a bâtie.

This is the Man all tattered and torn,
That kissed the Maiden all forlorn,
That milked the Cow with the crumpled horn,
That tossed the Dog,
That worried the Cat,
That killed the Rat,
That ate the Malt,
That lay in the House that Jack built.

This is the Priest, all shaven and shorn,
That married the Man all tattered and torn,
That kissed the Maiden all forlorn,
That milked the Cow with the crumpled horn,
That tossed the Dog,
That worried the Cat,
That killed the Rat,
That ate the Malt,
That lay in the House that Jack built.

This is the Cock that crowed in the morn
That waked the Priest all shaven and shorn,
That married the Man all tattered and torn,
That kissed the Maiden all forlorn,
That milked the Cow with the crumpled horn,
That tossed the Dog,
That worried the Cat,
That killed the Rat,
That ate the Malt,
That lay in the House that Jack built.

This is the Farmer who sowed the corn,
That fed the Cock that crowed in the morn,
That waked the Priest all shaven and shorn,
That married the Man all tattered and torn,
That kissed the Maiden all forlorn,

That milked the Cow with the crumpled horn,
That tossed the Dog,
That worried the Cat,
That killed the Rat,
That ate the Malt,
That lay in the House that Jack built.

C'est l'homme loqueteux et déchiré
Qui a embrassé la jeune fille esseulée
Qui a trait la vache à la corne froissée
Qui a encorné le chien
Qui a inquiété le chat
Qui a tué le rat
Qui a mangé le malt
Qui était dans la maison que Jack a bâtie.

C'est le prêtre, tondu et rasé
Qui a marié l'homme loqueteux et déchiré
Qui a embrassé la jeune fille esseulée
Qui a trait la vache à la corne froissée
Qui a encorné le chien
Qui a inquiété le chat
Qui a tué le rat
Qui a mangé le malt
Qui était dans la maison que Jack a bâtie

C'est le coq qui a chanté le matin
Qui a éveillé le prêtre tondu et rasé
Qui a marié l'homme loqueteux et déchiré
Qui a embrassé la jeune fille esseulée
Qui a trait la vache à la corne froissée
Qui a encorné le chien
Qui a inquiété le chat
Qui a tué le rat
Qui a mangé le malt
Qui était dans la maison que Jack a bâtie.

C'est le fermier qui a semé le grain
Qui a nourri le coq qui a chanté le matin
Qui a éveillé le prêtre tondu et rasé
Qui a marié l'homme loqueteux et déchiré
Qui a embrassé la jeune fille esseulée

Qui a trait la vache à la corne froissée
Qui a encorné le chien
Qui a inquiété le chat
Qui a tué le rat
Qui a mangé le malt
Qui est dans la maison que Jack a bâtie.

« Récréations mathématiques »

Extraits de *Récréations mathématiques, d'Édouard Lucas, 1882*

La numérotation binaire

On doit à Leibniz la connaissance de l'arithmétique binaire. Dans ce système, la base est le nombre 2, et l'on peut écrire tous les nombres avec les chiffres 0 et 1, en adoptant cette seule convention, analogue à celle de la numération écrite du système décimal, que tout chiffre placé immédiatement à la gauche représente des unités deux fois plus fortes. Ainsi, dans ce système, les nombres 2, 4, 8, 16, s'écrivent :

10, 100, 1000, 10000...

Et les nombres 3, 5, 11 s'écrivent :

11, 101, 1011

Nous donnerons d'abord le tableau des 32 premiers nombres écrits dans le système binaire :

1	1	9	1001	17	10001	25	11001
2	10	10	1010	18	10010	26	11010
3	11	11	1011	19	10011	27	11011
4	100	12	1100	20	10100	28	11100
5	101	13	1101	21	10101	29	11101
6	110	14	1110	22	10110	30	11110
7	111	15	1111	23	10111	31	11111
8	1000	16	10000	24	11000	32	100000

Avantages du système binaire

Dans ce système, les opérations ordinaires de l'arithmétique sont réduites à leur expression la plus simple ; les résultats de l'addition sont réduits à ceci : 1 et 1 font deux, je pose 0 et je retiens 1. De plus ce système se prêterait plus naturellement que tout autre à la confection de machines arithmétiques. La numération binaire m'a permis de trouver des nombres premiers beaucoup plus grands que ceux qu'on connaissait jusqu'à présent, et j'en ai déduit le plan d'une machine qui donnerait de très grands nombres premiers. Mais ce système est incommode à cause de la grande quantité de caractères qui est nécessaire pour figurer un nombre un peu considérable.

Nombre de Dudeney

Un nombre de Dudeney est un entier qui est un cube parfait tel que la somme de ses chiffres donne la racine cubique de ce nombre. Le nom provient de Henry Ernest Dudeney, qui remarqua leur existence dans une de ses énigmes.

Il existe à ce jour six nombres de Dudeney, dont voici les cinq premiers :

1 = 1 × 1 × 1 ; 1 = 1

512 = 8 × 8 × 8 ; 8 = 5 + 1 + 2

4 913 = 17 × 17 × 17 ; 17 = 4 + 9 + 1 + 3

5 832 = 18 × 18 × 18 ; 18 = 5 + 8 + 3 + 2

17 576 = 26 × 26 × 26 ; 26 = 1 + 7 + 5 + 7 + 6

Mais évidemment, il en existe peut-être d'autres, parmi les nombres de plus grande taille, n'hésitez pas à les chercher par vous-même !

Papier brûlé dans la cheminée

Yeomen
Lt. Henry Lambert – dettes diverses
Robert Nash – a un fils unique.
Sydney Jones – procédure de divorce.

Code *ABC*, 4e édition, 1881

A B C

LE CODE TÉLÉGRAPHIQUE COMMERCIAL

EXPRESSÉMENT ADAPTÉ POUR L'USAGE DES

FINANCIERS, MARCHANDS, NÉGOCIANTS, AGENTS ET ARMATEURS.

PAR

W. CLAUSON-THUE.

Londres :

EDEN FISHER & CO, 50 LOMBARD STREET, E.C.

L'usage de ce code est conseillé afin de réaliser de substantielles économies sur vos frais de communication. Les télégrammes sont facturés au mot, et, comme vous le savez, le tarif augmente avec la distance. Le principe mis en application dans ce manuel est donc de remplacer des expressions usuelles, des phrases entières, par un mot unique plus court, permettant ainsi de substantielles économies.

CODE N°	MOT CODÉ	SIGNIFICATION
8162	Acanthus	Amenez la marchandise par tous moyens.
8163	Achillea	Conservez la marchandise au frais.
8164	Adonis	Délivrez la marchandise rapidement.
8165	Allium	Enterrez la marchandise à l'abri.
8166	Alchemilla	Détruisez la marchandise.

8167	Alquilegia	Brûlez la marchandise.
8168	Androsace	Enlevez la marchandise.
9021	Clinopodium	Méfiez-vous.
9022	Calluna	Soyez prudent.
9023	Campanula	Attendez instructions ultérieures.
9024	Capparis	Restez à l'écart.
9025	Cardamine	Soyez discret.
9026	Carlina	Fuyez immédiatement.
9027	Cantaurea	Faites diversion.
13151	Dactylis	Le responsable est satisfait.
13152	Daphne	Le responsable arrive dès que possible.

CODE N°	MOT CODÉ	SIGNIFICATION
13155	Doronicum	Le nouveau responsable est…
13156	Draba	Ce responsable est décédé.
13157	Drosera	Ce responsable est destitué.
13158	Dryas	Ce responsable est retardé.
1462	Lavendula	Le docteur ou le médecin de bord.
1463	Limodorum	L'ingénieur ou le chef des machines.
1464	Limonium	Le capitaine ou l'officier le plus haut gradé.
1465	Linum	Le chef d'équipage.

Almanach « Whitaker's »

C'est un almanach très populaire de plus de 700 pages, qui regroupe toutes les informations utiles à la culture générale et un résumé des connaissances de l'époque en géographie, économie, astronomie, etc.

QUELQUES ÉLÉMENTS DU SYSTÈME SOLAIRE

Nom	Symbole	Distance moyenne de la Terre en millions de miles	Révolution autour du Soleil (en jours)	Temps de rotation sur son axe (heure/minute)	Diamètre (en miles)	Volume (Terre = 1)	Densité (Terre = 1)
Soleil	☉	92,9	…	607 / 48	866 400	1 310 000	0,25
Mercure	☿	56,6	88	24 5 ½	3 030	0,056	2,23
Vénus	♀	25,7	225	23 21⅓	7 700	0,920	0,86
Terre	⊕	…	365	23 56	7 918	1,0	1,0
Mars	♂	48,6	687	24 39⅓	4 230	0,152	0,72
Jupiter	♃	390,4	4 333	9 55⅓	86 500	1 309	0,24
Saturne	♄	793,2	10 759	10 14 ½	71 000	849	0,13
Uranus	⛢	1 689	30 687	9 30 ?	31 900	59	0,22
Neptune	♆	2 698,8	60 127	…	32 900	103	0,20

ALPHA CENTAURI

On suppose que cette étoile, l'une des plus brillantes de l'hémisphère sud, est la plus proche de la Terre. Dr Gill lui attribue une parallaxe de 0′ 75′′, ce qui établirait une distance depuis la Terre équivalant à 275 000 fois celle du Soleil. À la vitesse de la lumière à travers l'espace, il faudrait quatre ans et quatre mois pour atteindre la Terre depuis cette étoile.

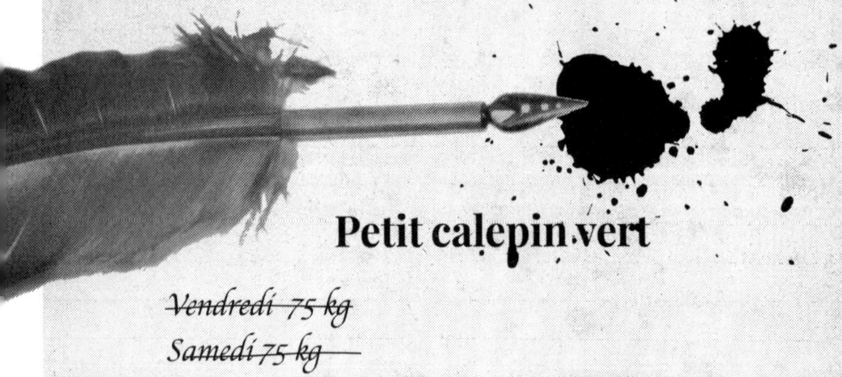

Petit calepin vert

~~Vendredi 75 kg~~

~~Samedi 75 kg~~

~~Dimanche 74,5 kg~~

~~Lundi 74,5 kg~~

~~Mardi 74,2 kg~~

~~Mercredi 74,1 kg~~

Jeudi 74 kg

Carnet noir d’astronomie

« Je ne monterai ici que pour voir les planètes. Pas d’étoiles ou de satellites. »
Vu Juno, à 6 h 32 par une déclinaison de 2 20′ 20′′
Altaïr, 19 41 30′ 3 + 6̄ 9 25

« Uranus, père de Saturne et grand-père de Jupiter. »

Cahier rouge des expériences

C’est un grand cahier d’expériences à couverture rouge, qui était sur la paillasse dans le labo de Moriarty. Il est rempli avec la grande écriture qui était sur les tableaux noirs. .
Il y a d’abord une conversion, suivie d’une série de relevés de poids :

105 carats, soit 21,61 g.
Galet 1 : 32 g.
Galet rose : 22 g.
Galet gris : 19 g.

Suivent des comptes-rendus d'expériences.

Essai n° 1. Cage n° 2.
Quasiment inodore. Stockage liquide de couleur orange. Totalement incolore une fois dans l'air. Intéressant. Effets divers décevants. À revoir. À utiliser pour provoquer des paniques ?

Essai n° 2 sur cage n° 4.
L'odeur est désagréable. Le stockage est possible à l'état liquide, avec une couleur verte peu engageante. Effet mitigé. Les sujets semblent réagir de différentes façons selon leur métabolisme.

Essai n° 3. Cage n° 5.
Couleur verte. Odeur supportable. Les sujets sont tous morts au bout de 10 à 35 minutes. C'est un succès.

Essai n° 5. Cage n° 3.
Toujours inodore. Aspect anodin. Couleur légèrement blanche dans l'air, mais se dissipant rapidement. Effet plus rapide qu'escompté. Parfait pour l'usage prévu.

Registre de Moriarty

Dépenses

Maroquinier : 20 shillings.

Oiseleur : 50 shillings.

~~Robert Nash : 200 £~~ annulé.

Fournitures chimiques : 1 £ 18 pences.

Maroquinier : 20 shillings.

Rubrique « Personnel »

S. Moran : 7 000 £

A. Peekbroke : 12 £ xx

Parker : 50 £ x

R. Patterson : 100 £

Snitch : xx

Bowers : 40 £ xxx

Peterson : 10 £

Trouvailles des souterrains

β Le registre

Registre banal à la couverture de cuir noir. Bertrand imprimeur, qui utilise un logotype « bêta » en dorure sur la couverture. Son contenu est très précieux. Il pèse un certain poids, pas seulement comme preuve pour démanteler le réseau Moriarty !

Γ Outil ou clé en laiton ?

L'objet en laiton me rappelle les passe-partout des conducteurs de train. L'usage précis de cet objet m'échappe. C'est une petite manivelle en laiton. Un côté poignée en forme de Γ (**gamma**), et en dessous de la partie qui ressemble à une clé pour serrer les boulons, je remarque que la section creuse forme un hexagone ⬢.

δ Clé en fer

Une clé en fer trouvée lors de la fouille du gardien. De profil, le panneton ressemble à un δ.

ι Brosse de nettoyage

C'est la brosse qui sert à nettoyer les canons de pistolet. Une sorte de petite tige en fil de fer dont le bout est entouré de poils. C'est indispensable pour l'entretien des revolvers.

ν Crâne poli

Énorme crâne des catacombes.

ξ Un tire-bouchon

Alors là, si l'extrémité de ce tire-bouchon ne ressemble pas à la lettre « xi », je veux bien être pendu !

ο Un œil de verre

C'est un œil de verre de bonne taille, l'iris est de couleur bleue.

ρ Clé anglaise

Une clé anglaise basique, qui permet de tourner des écrous et boulons de diverses tailles grâce à son écart variable. Sa forme peut rappeler le « rhô » grec. On dit clé « anglaise » alors que son inventeur est américain.

Σ Canne-épée

C'est la canne-épée marquée d'un SOLINGEN sur la lame. Elle est bien affûtée et c'est une vraie arme, même s'il faut du recul pour se défendre avec. Ce serait parfait pour dissuader ou faire fuir les agresseurs dans la rue, si elle n'avait cette poignée en forme de tête de canard absolument ridicule.

Le revolver Webley

C'est un revolver de l'armée anglaise, très courant. J'ai ramassé cette arme une fois le garde de Moriarty assommé, mais je n'ai pas de balles pour la recharger !

Une dague

C'est la dague que j'ai trouvée dans une cachette impressionnante. Elle est plus courte qu'une épée et plutôt fine. Elle est entièrement en métal.

Une ancienne fiole

Je l'ai trouvée par terre. Elle est vide. C'est une sorte de vieux grès bien sale.

† **Une croix chrétienne**

C'est la croix en bois que j'ai prise sur l'autel.

☥ **Une ankh**

C'est un vieux symbole de vie égyptien, mais aussi connu des Romains sous le nom *crux ansata* en latin, « croix ansée ». Elle est faite d'une sorte de céramique bleutée.

Trouvailles supplémentaires

Dialogue avec le garde

« Alors, quel est le mot de passe ? » redemande le gardien avec un regard mauvais.

A. Je tente « Le château blanc » en B à cause du graffiti ? Ou « Roi Mystérieux » en Y si j'estime avoir trouvé un indice valable dans la salle de repos. Je peux aussi chantonner comme lui « The House that Jack built » en D, cette chanson trouvée sur le piano de Moriarty, ça serait plutôt malin… Je peux aussi essayer « Semper fidelis » vu qu'il a l'air militaire en F. Ou alors, j'essaie de l'amadouer un peu, le temps de lui tirer les vers du nez en G. Sinon, je peux aussi me servir d'une de mes Trouvailles pour l'attaquer en C.

B. Je suis futé et je décris ce que je crois avoir vu dessiné dans la machinerie. L'homme éclate de rire : « Tu es un comique toi, viens, suis-moi ! » Il ne baisse pas son arme et je me retrouve de force **en cellule 1.**

C. De quelle arme dans mon inventaire vais-je me servir pour l'attaquer vite et bien : avec **Σ** en E, **ι** en J ou **Γ** en Z ?

D. J'essaie de me calmer malgré mon angoisse, et je me mets à chantonner comme si j'étais encore à l'école. Le cerbère me regarde l'air amusé : « La chanson préférée du prof, hein ? T'es inconscient du danger ou quoi ? Sois sérieux ou c'est la tôle. » Apparemment, j'ai une nouvelle chance, je retourne en A.

E. Pas bête ! Je joue avec la canne-épée l'air de rien. Je plaisante. « Ah, oui bien sûr, le mot de passe. Il en raffole le professeur. » Je temporise juste le temps nécessaire pour appuyer sur le bouton et sortir l'épée du fourreau ! L'homme n'a pas un instant d'hésitation, il tire immédiatement. Je suis atteint en plein ventre. Sur le coup, je titube et la canne retombe sur le sol. Le garde s'approche et se penche vers moi : « Oser m'agresser avec la propre canne du patron ! Une de ses préférées en plus… Crétin ! » Il tire une deuxième fois, pour tuer cette fois. Je crois bien que pour moi c'est la **FIN**.

F. « Hein ? Tu as fumé de l'opium ou quoi ? C'est débile ce que tu dis. » Apparemment, j'ai droit à un autre essai en A.

G. « Oh là là, dis-je d'une voix traînante. J'en peux plus de tous ces codes, les mots de passe, tout ça. Vu l'heure, je ne sais plus trop. En plus, ça change tout le temps. – Ouais, ouais, ça c'est bien vrai ! Moi aussi, j'en ai marre, c'est pas drôle d'être là toute la nuit », répond l'homme en plaisantant, mais en gardant ses distances et son revolver bien dirigé vers moi. Il poursuit : « La consigne, c'est la consigne. Le prof est méfiant, c'est comme ça. Et tu sais ce qui arrive à ceux qui désobéissent ? D'abord, les cellules, là derrière, et ensuite, une petite exécution exemplaire au choix du professeur. Bon, alors ton mot de passe ? »

Je peux essayer de continuer la conversation avec lui en I ou dire : « Le château blanc » en B ou le « Roi Mystérieux » en Y. Je peux aussi chantonner « The House that Jack built » en D… Sinon, comme je me suis rapproché un peu, je peux utiliser une de mes Trouvailles pour l'attaquer en C.

I. « Je me rappelle plus trop, y'en a trop ? C'est quel genre déjà ? » Le cerbère reste inflexible : « Tu racontes n'importe quoi, mon pote ! Ou alors t'es un imbécile, ou pire un espion. Va devant, et descends ces marches sans faire d'histoires. Ta place est **en cellule 1**. »

J. Hé là, paf, je lui sors la petite brosse que j'avais trouvée sous le lit. L'aigrefin me regarde comme si j'étais le dernier des demeurés. « Mais… mais à quoi tu joues ? En plus c'est au colonel Moran, ça, non ? Il est maniaque avec la propreté de ses armes. » Bon, je peux profiter de sa confusion pour retenter ma chance. J'ai la main prise et il se méfie encore plus, je ne peux plus tenter de l'attaquer. Alors, vite une réponse, « Le château blanc » en B ou le « Roi Mystérieux » en Y, chanter « The House that Jack built » en D, ou « Semper fidelis » en K.

K. Je me redresse, comme dans l'armée, et je clame d'une voix forte et bien assurée : « Semper fidelis. » Le gardien qui me menace éclate d'un grand rire franc : « Elle est bien bonne ! Tu es un sacré petit rigolo. Eh bien, suis-moi, tu vas les amuser en bas. » Je suis conduit de force **en cellule 1**.

Y. L'homme jubile : « Ah aha ! Le prof avait raison ! T'es tombé en plein dans le panneau. Ce code est grillé ! Suis-moi sans faire d'histoires ! » J'en déduis qu'ils soupçonnent que ce code des cartes est grillé. Ce qui présage que Porky, l'informateur de Sherlock, est en danger également. Je me retrouve **en cellule 1**.

Z. Je sors rapidement l'outil de ma poche pour l'abattre sur son poignet et le désarmer du même coup ! Ce qui paraissait un plan simple tourne vite au fiasco : une première balle m'arrive dans l'épaule et la seconde me tue sur place. L'homme est un excellent tireur et pour moi c'est la **fin**.

Combinaisons

Combinaisons numériques

CODE	CADRAN	RÉSULTAT
7-5-11-3	105	Cellule 1 III.
2-5-5	105	Cellule 1 III.
3-5-7	105	Cellule 1 II.
7-11-13	105	Cellule 1 I.
7-11-3-2	105	Cellule 2 I.
5-7-11-2-3	78	Cellule 3 I.
11-2-7-5-3	78	Cellule 3 I.
3-2-5-11-7	78	Cellule 3 III.
11-5-7-3-2-13	78	Cellule 3 III.
2-3-13	78	Cellule 3 II.
11-3-5-2-7	182	Cellule 5 I.

2-7-13	182	Cellule 5 II.
5-3-11-7-2	182	Cellule 5 III.
7-11-2	182	Cellule 5 III.

Combinaisons de Trouvailles

Je peux tenter d'ouvrir des accès ou d'actionner des mécanismes avec des clés ou des outils en ma possession.

Combinaison	Résultat
Γ - φ	Accès « Tube » II.
δ - φ	Accès « Tube » III.
ε - φ	Accès « Tube » II.
η - φ	Accès « Tube » I.
ζ - φ	Accès « Tube » II.
ψ - ε	Je l'ai encore cette clé ! Entrée des catacombes I.
ψ - δ	Elle est restée ailleurs dans la serrure, si je me souviens bien ?
ψ - ι	Génial ! J'essaie en Entrée III.

ψ - Σ	J'essaie en Entrée des catacombes II.
ψ - ρ	Pourquoi pas ? J'essaie en Entrée I.
ν - ρ	Salle au crâne I.
ν - ☥	Salle au crâne III.
ν - O	Salle au crâne II.
ν - 🌢	Salle au crâne I.
ν - †	Salle au crâne III.
ν - ι	Ossuaire I.
χ - ρ	Galerie des morts III.
χ - ξ	Ossuaire III.
χ - ☥	Le tombeau III.
χ - O	Galerie des morts II.
χ - 🌢	Le tombeau I.
χ - †	Le tombeau III.
χ - 🗡	Le tombeau II.
υ - ι	Cimetière de West Norwood I.
υ - ρ	Cimetière de West Norwood III.
υ - Γ	Cimetière de West Norwood II.

Combinaisons de contrôles du métro

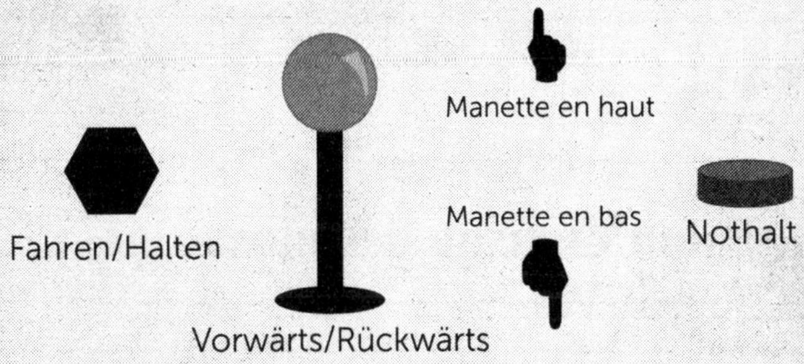

	La locomotive reste silencieuse et immobile.
	La locomotive reste silencieuse et immobile.
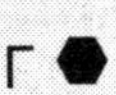	Rame de métro II.
	Rame de métro I.
	La locomotive part en arrière… Vite, essayons de corriger.
	La locomotive démarrait bien vers l'avant, puis tout s'arrête d'un coup ! Rame de métro I.

	La machine démarre et fonce **en avant !** Je retourne conduire en Rame de métro III.
	La machine démarre, vers l'arrière, et s'arrête net. Rame de métro I.
	La locomotive démarre puis cale. Je vais en rame de métro I.

Combinaison des mosaïques

Chien	Salle de la louve II.
Canard	Salles de la villa romaine II.
Chat	Salle de la louve II.
Louve	Salle de la louve I.
Rat	Salle de la louve II.
Chien + Louve	Salle de la louve I.
Chien + Chat	Salles de la villa romaine III.
Chien + Canard	Salle de la louve I.
Chien + Rat	Salles de la villa romaine III.
Chien + Chat + Rat	Salle de la villa romaine I.
Canard + Chat + Rat	Salles de la villa romaine II.
Louve + Chien + Chat	Salle de la louve I.
Canard + Louve	Salles de la villa romaine II.

2e combinaison des manettes

Allons, réfléchissons, où ai-je déjà pu lire ces noms ? Même principe.

Levier	♂	♃	♄	⛢	♆
Haut	1	1	1	1	1
Bas	0	1	0	0	0

Alors, c'est simple, pour chaque levier que je monte, je note une valeur de 1. Si je laisse le levier en bas, ça reste à zéro. Je note donc 0 ou 1 pour chaque symbole. Pour essayer une combinaison, je compare le nombre que cela forme, avec le texte du paragraphe correspondant. Donc au départ, comme tous les leviers sont abaissés, cela donnerait la combinaison 00000.

00000 : C'est la situation de départ des leviers, tous abaissés. Il ne se passe rien.

10000 : Antre de Moriarty III.

01000 : Antre de Moriarty I.

00100 : Antre de Moriarty III.
00010 : Antre de Moriarty I.
00001 : Antre de Moriarty I.
01100 : Antre de Moriarty III.
01110 : Antre de Moriarty II.
01101 : Antre de Moriarty III.
01111 : Antre de Moriarty I.
10001 : Antre de Moriarty I.
10011 : Antre de Moriarty III.
01111 : Antre de Moriarty III.
11111 : Antre de Moriarty I.

Morts

MORIAR-8

Le groupe d'hommes débouche. J'essaie de les menacer avec le revolver : « Halte ou je tire ! » Cela n'a aucun effet. Il y a juste un lâche ou petit malin qui ralentit pour laisser passer les plus courageux devant. Je suis contraint de tirer pour défendre ma peau. J'en abats un. Puis un deuxième. Mais ils sont trop nombreux. Nash saute sur le quai pour se battre avec un seul bras. Il réussit à en assommer un d'un seul coup de poing. Mais il est rapidement encerclé et mis à bas. Adélaïde est pétrifiée de peur. Je… J'aurais dû continuer d'essayer… Mes regrets ne me sauveront pas. Je suis attrapé et traîné à terre sur le quai. J'entends juste les cris aigus d'Adélaïde… Je n'ai sauvé personne. Ni elle, ni Watson, ni moi. C'est la FIN.

MORIAR-9

Une odeur plutôt désagréable pénètre mes narines. Je me recule par réflexe, bousculant mes compagnons. Je me sens fébrile. Je suffoque. Mes yeux se dilatent ou c'est une sensation due à la panique qui s'empare de moi. Je tombe à quatre pattes… Mes compagnons semblent tout aussi horrifiés.

Lorsque je reviens vaguement à moi, je suis effondré, allongé sur le dos quelque part dans les souterrains. Un homme est penché sur moi avec une lueur malsaine dans les yeux. Il semble analyser ce qui m'est arrivé comme si cela traduisait un résultat d'expérience. Il n'est pas là pour me sauver la vie. Il est là pour me voir mourir…

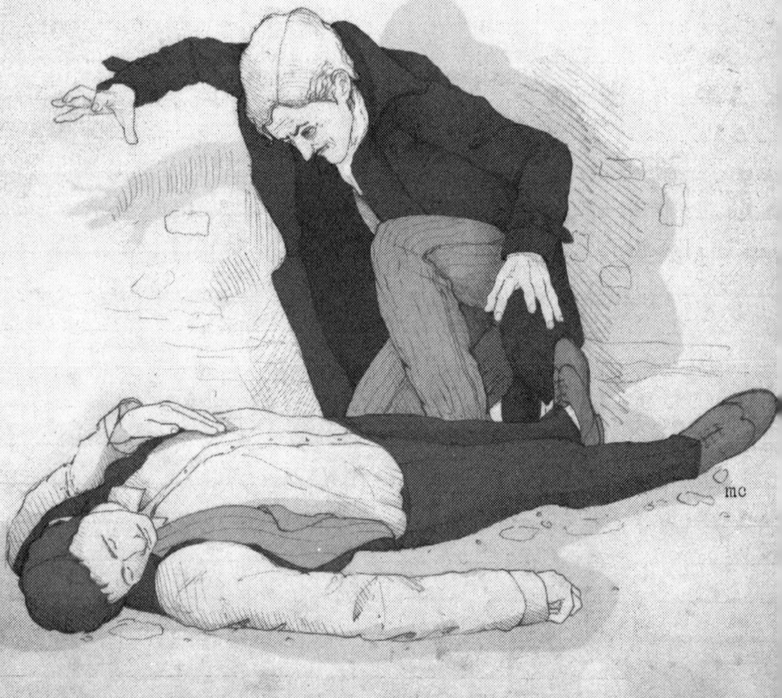

Je ne me réveillerai plus. Pour moi c'est la **FIN,** le piège s'est refermé !

MORIAR-10

Tout s'est mis à tourner de plus en plus vite autour de moi. Je crois. Lorsque je reprends mes esprits, si on peut dire, je me trouve allongé sur le dos quelque part. Ailleurs. Un homme est penché sur moi avec une lueur malsaine dans les yeux. Il prend mon pouls. Il soulève mes paupières pour examiner mes yeux. C'est un drôle de docteur. Il analyse ce qui m'est arrivé comme si c'était le résultat d'une expérience. Il n'est pas là pour me guérir. Il est là pour me tuer. Pour moi c'est la FIN, le piège s'est refermé !

MORIAR-11

Une grande respiration. Voilà. Je me détends. Bien, si je suis encore là, c'est que j'ai oublié un détail. Ou alors je ne sais pas lire les chiffres romains et je me suis trompé de ligne. Mais je penche plutôt pour des oublis, comme le petit carnet noir ou l'almanach *Whitaker's*. Allez, courage, c'est bientôt la fin, mais la bonne, la vraie.

ÉPILOGUE

Le monte-charge pneumatique remonte doucement, nous ramenant, Leonard Nash, Miss Peekbroke et moi-même, vers la surface. Le jour naissant éclaire à peine le chœur et la nef de l'église de West Norwood.

Nous arrivons par un trou, émanant lentement du sol au centre du chœur. Je regarde autour de moi avec appréhension. J'ai encore la crainte qu'un dernier piège, qu'une dernière ruse de Moriarty se referme sur nous. Cette nuit a été éprouvante. Mon corps est endolori, mes mains sont écorchées. Mes pieds sont humides de mon périple dans les souterrains inondés. Je ne sais pas si je pourrais encore supporter une ultime épreuve.

On frappe à la porte de l'église. Quelqu'un essaie d'entrer. Voilà, je le savais. Mes craintes étaient fondées. Encore une menace. Les coups sur les lourds vantaux de l'église se font plus frénétiques. Je suis abattu mais pas encore à terre. Je saute de la plate-forme avant même son arrêt et saisit

un chandelier. Les bougies tombent par terre. Je suis prêt à vendre chèrement ma peau. L'intrus change d'entrée, il n'hésite pas à frapper violemment la porte, qui cède. Il n'y a aucun doute à avoir sur les intentions agressives de ce gredin venu ici pour nous t…
Sherlock Holmes ???

Je suis ébahi. Je crois bien que je suis resté bouche ouverte pendant un instant avant de reprendre mes esprits et de réaliser la situation. « Sherlock Holmes, mais enfin, que faites-vous là ?

– Eh bien, Mac, vous comptiez me souhaiter la bienvenue en m'assommant avec ce chandelier ? Posez donc ça. Regardez ce que j'ai reçu ! »

Sherlock Holmes nous tend un bristol gaufré avec un cadre décoratif à motifs dorés et une impression à l'encre noire. C'est un élégant et coûteux faire-part. Le funeste contenu n'en est que plus impressionnant.

« Nous avons le regret de vous convier à la cérémonie en souvenir de Mlle Frederique Porlock, décédée soudainement en sa 29e année d'une maladie respiratoire, à l'église de West Norwood, à 9 heures. »

J'interviens : « Mais il est à peine 6 heures du matin. Les offices ne commencent pas avant 8 heures.

– Allons, MacDonald. Fred Porlock est, vous le savez, je vous l'ai dit au début de cette aventure, le pseudonyme de mon indicateur au sein de l'organisation de Moriarty. Son nom n'est connu que de vous, de lui et de moi-même. Ce qui signifie que ce message coûteux et sinistre ne pouvait émaner que du professeur Moriarty lui-même. Une façon d'essayer de me décourager en m'annonçant la mort d'un de mes meilleurs atouts. Mais ce qu'il n'a pas prévu, c'est qu'il a remis son faire-part à la messagerie juste avant la fermeture, avec ordre de me le délivrer le lendemain matin à 8 heures. Or Cartwright, le coursier futé que j'emploie de temps à autre, a eu vent de ce message. Il était à ce moment-là dans le bureau de messagerie où un homme du professeur a fait envoyer ce message. En entendant le nom du destinataire et en jaugeant l'allure du bonhomme, Cartwright a eu le bon réflexe. Il s'est emparé du message et me l'a apporté directement. Je suis rentré de ma nuit de filature très tard, ou très tôt avant les premières lueurs du jour, et le message m'attendait sous la porte du 221B, avec plusieurs heures d'avance. Ce petit garçon zélé a fait la différence.

– Mais qu'est-ce que cela signifie ? demandé-je.

– Cela signifie que mon informateur au sein du réseau Moriarty n'est pas un M. Fred Porlock, forçat repenti et obscur second couteau, méfiant et cupide, tel que je vous l'ai décrit d'abord. Mais bien la courageuse et résignée Mlle Peekbrooke, prête, au suprême sacrifice de sa vie, à faire tomber le réseau Moriarty ! »

Adélaïde Peekbrooke, bien vivante, prend quelque rougeur à cet éloge qui aurait pu être funèbre et baisse les yeux un instant par modestie.

« Ne rougissez pas, Miss Peekbrooke, poursuit Holmes, vous avez du mérite. Vous viviez dans la peur incessante d'être découverte. Et vu la nature soupçonneuse et impitoyable du maître qui vous employait, vous avez fait preuve d'un sang-froid extraordinaire.

– Il ne m'a jamais soupçonnée. Je crois qu'il n'arrivait pas à concevoir qu'une simple secrétaire comptable puisse comprendre toute la vraie nature de son entreprise. Mais je lis les journaux, monsieur Holmes. Et j'ai eu tôt fait de faire le rapprochement entre les noms ou les fournisseurs que j'écrivais sur le registre et des affaires mystérieuses. Parfois, c'était juste la concordance des dates qui m'aiguillait. Ou un fait divers sans importance. Un corps repêché dans la Tamise ou les égouts. Je restais impassible. Je m'efforçais de ne rien laisser paraître. Nous autres femmes sommes passées maîtres dans l'art d'afficher un visage qui ne reflète pas nos émotions... L'époque ne nous laisse pas beaucoup de liberté pour nous exprimer. Je crois que c'est ce qui a perdu le professeur. Il ne s'est jamais vraiment intéressé à mon sort, jusqu'à ce qu'il soit obligé de décider ce qu'il ferait de moi.

– Il a dû entrer dans une colère noire quand il a fini par comprendre.

– Oh, il n'a jamais eu le moindre geste déplacé ou agressif envers moi. Même quand il a compris que je l'avais trahi, il n'a pas dit un mot plus haut que l'autre. Le professeur est un personnage froid et calculateur. Il n'y a aucune place pour l'émotion dans son cœur. Enfin, je n'en suis pas si sûre. Une fois, j'étais arrivée chez lui un peu en avance. J'ai entendu jouer une comptine enfantine au piano. Je suis restée sur le perron à écouter, interloquée, c'était tellement inattendu. »

J'interviens : « C'était l'air de "The House that Jack built ?" La partition qui est sur le piano dans le salon ?

– Oui, répond Miss Peekbrooke. C'était joué de façon très lente, comme une berceuse. J'ai fini par sonner. On a mis du temps à m'ouvrir, et lorsque la porte s'est ouverte pour me laisser entrer, c'était le professeur lui-même. Et j'aurais juré que ses yeux étaient plus rouges que d'habitude. »

Holmes l'interrompt sèchement, comme si ce déballage sentimental le mettait mal à l'aise : « Intéressant. Mais maintenant, il faut s'occuper du Dr Watson. Inspecteur MacDonald ?

– J'ai bien peur d'avoir échoué sur cette partie de ma mission, monsieur Holmes. Je n'ai réussi qu'à sauver ma peau et celle de mes compagnons de détention, ce qui est déjà un exploit, vu les circonstances. Le piège de Moriarty a fonctionné et...

– Allons, allons, coupe Holmes. Vous êtes fatigué, MacDonald. Vous sous-estimez la valeur de ce que vous avez vu et lu chez Moriarty.

– J'ai déboulé comme un éléphant dans un magasin de porcelaine chinoise. Je n'ai fait que fouiner, décrypter avec peine des messages sibyllins et manqué de tomber dans d'infâmes pièges mortels... Je n'ai pas retrouvé votre ami, je suis si désolé, Holmes ! »

Sherlock Holmes pose sa main sur mon épaule, d'un geste amical qui était rare chez un homme aussi peu enclin à l'empathie, et dit d'une voix rassurante :

« Un éléphant, oui peut-être. Mais un éléphant d'une mémoire phénoménale. On raconte que les éléphants sont capables de charger ou d'écraser un soigneur qui les a maltraités des années auparavant. Vous allez vous calmer, MacDonald, et me raconter votre aventure depuis le début, en n'omettant aucun détail. Vous allez me décrire les pièces, les objets, tout ce que vous avez vu chez Moriarty, et ensemble nous allons trouver où est le Dr Watson. »

Je m'écroule sur un banc, épuisé. Je mets ma tête dans mes mains et j'essaie de me souvenir de tous les détails. J'étale mes Trouvailles sur le banc, je me rappelle chaque indice, chaque message... Est-ce que je suis capable de dire où, à mon avis, est détenu le Dr Watson ?

Pendant que je raconte mon périple, Sherlock a son visage concentré des grands jours. Il m'interrompt à peine pour préciser quelques points.

À la fin son visage s'éclaire : « Merveilleux ! Vous êtes un homme précieux, inspecteur. Sortons, le fiacre qui m'a amené ici m'attend dehors. Il n'y a plus un instant à perdre, je vous expliquerai tout pendant notre voyage. Nous déposerons M. Nash à l'hôpital de King's College au passage. Et je dois télégraphier un message à l'inspecteur Lestrade pour le prévenir d'un crime affreux qui risque de compromettre un homme intègre. »

Mais de quoi parle-t-il ? Je regarde ce detective extraordinaire – pour vous, il est devenu un mythe, mais à l'époque déjà, il jouissait d'une réputation qui dépassait les frontières nationales. Et pendant que nous sortons de l'église, supportant chacun d'un côté M. Nash, j'essaie de comprendre le raisonnement et les déductions qui l'ont amené à comprendre ce que projette Moriarty.

Une fois tous bien calés à l'arrière de la voiture louée par M. Holmes, je n'entends pas ce qu'il dit lorsqu'il donne ses instructions à l'oreille du cocher. Sherlock Holmes aime ménager

ses effets. Nous partons. À côté de moi, Miss Peekbroke s'évertue à soigner M. Nash de son mieux. Elle a déchiré son mouchoir pour éponger le sang qui a coulé de son bras.
Je supplie M. Holmes de nous donner des explications.
« Vous l'avez bien mérité, monsieur Mac. Bien, tout d'abord, je vais déchiffrer avec vous le message de la vitrine du magasin Baileys. Avez-vous une bonne mémoire de ce message ?
– Oui, tout à fait. Une suite de cartes à jouer sans queue ni tête.
– Avez-vous remarqué des anomalies ?
– Oui, nous avions des paquets de deux, trois, quatre, deux fois six et même sept cartes.
– Oui, cela ne correspond à aucune règle de jeu connu, ce sont donc des mots. Avez-vous lu ma monographie sur les codes secrets ?
– C'est vrai que je l'ai peut-être un peu négligée. Vous y parliez de la fréquence des lettres.
– Oui, le E est la lettre la plus courante en français. Avez-vous remarqué également d'autres anomalies par rapport à ce jeu de cartes ?

– Il y a des cartes en double : le 5 de pique et le 5 de cœur, ainsi que l'as de cœur.

– Fort bien observé, Mac. Je ne regrette en rien d'avoir placé ma confiance en vous. Ceci nous apprend que le message codé dans ce jeu anodin avait besoin de plus que de 52 cartes. À ce sujet, quelle est la coïncidence frappante entre un jeu de 52 et l'alphabet normal ?

– L'alphabet, euh... Voyons, il a 20 consonnes et 6 voyelles, soit un total de... *By Jove* ! 26 lettres, soit exactement la moitié d'un jeu de cartes.

– Précisément. Voici donc un moyen ingénieux d'obtenir un code secret : une carte correspond à une lettre.

Mais pourquoi utiliser les 52 cartes, alors ? 26 suffiraient ?

– Non, justement. Pour n'importe quel message, il faut plusieurs *e, a, t, s*, bref la plupart des lettres courantes seront utilisées plusieurs fois. C'est là que c'est ingénieux : avec ce code, deux cartes peuvent correspondre à une même lettre. Ainsi, on brouille les pistes et baisse la fréquence d'utilisation de la même carte. Et même comme cela, on est obligé d'introduire des doublons.

C'est pour cela que je parierais que ces 5 de cœur et de pique signifient « E ».

– Voilà qui est prodigieux, Sherlock ! Vous n'avez même pas besoin de la clé du code.

– Certes, répond Holmes avec un léger sourire au coin des lèvres. Mais nous avons aussi un autre indice pour nous aider. Vous vous souvenez, je vous ai dit au début que je connaissais l'existence de ce code par Porlock, enfin Miss Peekbroke... » Entendant son nom, celle-ci relève la tête et précise : « J'avais vu le professeur envoyer ses consignes codées par ce moyen. Il semblait très satisfait de sa ruse.

– Avez-vous vu dans la maison de Moriarty l'élément qui pourrait nous aider à comprendre l'ordre des lettres assignées aux cartes ?

– Oui, j'ai vu dans la salle de billard un jeu dont les cartes étaient toutes alignées par couleurs, dans l'ordre des valeurs, de l'as au roi. La première rangée consiste en des trèfles, on a ensuite les carreaux, puis les cœurs et enfin les piques.

– Bien, ceci nous dit que les lettres sont ventilées dans cet ordre. Autrement dit, deux des as sont certainement des A et deux des rois des Z.

Ce qui semble déjà fonctionner avec deux mots qui commencent par l'as de cœur.

– Maintenant, comment en être sûr ?

– Avez-vous vu ou entendu la chansonnette ou le moyen mnémotechnique dont les hommes de main de Moriarty, pourtant parfois triviaux, doivent se souvenir ?

– Attendez, il y a l'oiseau chanteur dans le salon, la partition et la chanson de « Jack » sur le piano... Il y a ce bristol du Club Bagatelle dans la poche du pantalon dans la chambre d'ami.

– Fort bien, et que dit ce dernier indice ?

– "Jack Hogier est K, Alexandre le Grand est la fin, Dame Judith L aussi, Club est Diamants." Je ne vois pas bien en quoi cela nous avance.

– Soyez perspicace. Regardez attentivement les cartes, particulièrement les figures, roi, reine, valet...

– Des noms ! Ils ont des noms propres.

– Oui, et c'est là une des particularités des jeux de cartes français. Hogier est le valet de pique. Alexandre le Grand, le roi de trèfle.

– Bien sûr, j'ai trouvé une histoire des jeux de cartes dans la salle à manger ! C'est écrit dedans.

– Élémentaire, mon cher Mac. Vous voyez, l'art de l'enquêteur, c'est de rassembler ce qui peut paraître sans importance ou anodin, et de combiner le tout pour donner un sens à ce qui semble, à première vue, n'en avoir aucun.
– Donc la dame Judith est la lettre L, le roi Alexandre, Z. La fin, c'était la fin de l'alphabet. Et pourquoi Jack ?
– Jack est le surnom des valets. De même que "Club est Diamants" signifie juste que carreaux et trèfles sont en fait les mêmes lettres. D'où on déduit facilement que cœur et pique sont équivalents aussi. On a bien 26 lettres codées par deux cartes à jouer possibles. Une variante ingénieuse d'un simple code de substitution.
– Alors que signifie ce message ? » demandé-je impatiemment.
Holmes associe chaque carte à une lettre, puis décode le message : « AMENEZ WATSON AU ZOO REGENTS PARK.
– Le zoo ! Moriarty est justement membre d'honneur de l'association zoologique de Londres ! J'ai vu sa carte de membre dans son bureau. Quel imbécile j'ai été !

– Allons, Mac, à ce stade de l'enquête, vous ne pouviez pas le savoir.
– Un détail. Tout n'est que détails, c'est ce que vous répétez à longueur de temps, Sherlock !
– Oui, c'est vrai. Bien, le zoo est encore fermé à cette heure. Moriarty a pu acheter quelques-uns des gardiens qui vivent sur place. Mais où peut-il détenir Watson ? Dans un des bâtiments, dans une des cages ? Il est clair qu'il n'a rien contre le docteur lui-même. Ce n'est qu'un moyen de s'en prendre à moi, et de me faire perdre du temps. Ce qui honnêtement, Mac, sans votre intervention cette nuit, aurait été le cas. »

Je me réconforte un peu à entendre ce compliment. Ravigoté, je m'escrime à fournir à Sherlock le meilleur de moi-même. Où trouver Watson dans un zoo ? Soudain, j'ai une illumination :

« Les loups ! Il y avait des loups partout chez Moriarty : un livre de comptine caché dans le piano, un livre dans son bureau, des gravures dans sa chambre... C'était même le seul élément de décoration.
– Passionnant. Voilà qui nous en dit long sur le personnage. Voyons, il y a bien une cage aux

loups à Regent's Park, dans l'ancien "Palais des lions". Nous ferions bien d'y jeter un œil. Nous arrivons enfin au zoo de Londres. »

La puissance conjuguée du renom de Sherlock Holmes et de mon autorité d'inspecteur de police nous fait ouvrir les portes du zoo malgré l'heure matinale. Heureusement, le vieux gardien en chef du zoo dort à demeure, et nous n'avons aucune peine à nous assurer de sa collaboration. Le temps qu'il enfile une tenue correcte, il nous suit à quelques mètres, ne prenant pas pleinement conscience de la situation. Pendant qu'il s'habillait, Sherlock et moi avons consulté le guide du zoo et trouvé facilement l'emplacement de la cage aux loups, entre les renards et l'étrange loup de Tasmanie.

C'est une balade étrange que de parcourir un zoo vide de tout visiteur, épuisé par une nuit qui a été fort mouvementée et riche en émotions. Les hurlements des singes le disputent aux cris des oiseaux exotiques. Un tohu-bohu de clameurs lointaines, de bramements et sifflements, passant du rugissement le plus grave aux trilles les plus stridentes, nous entoure. Plus nous pénétrons dans le zoo, moins je sais si tout cela est l'épilogue funeste d'une nuit horrible, ou au contraire la fête et l'espoir d'un jour nouveau qui naît avec le lever du soleil.

Sherlock Holmes est très concentré. Son visage paraît impassible, tout en réflexion intérieure, mais un je-ne-sais-quoi dans sa mâchoire, ou son regard, trahit sa tension.

Nous arrivons au pas de course près de la cage des loups, et je crois voir un des gardiens se défiler et partir discrètement par une allée. Le complice de Moriarty sans doute. Je vais pour le poursuivre, mais Sherlock Holmes a anticipé ma réaction et me retient par l'épaule : « À quoi bon poursuivre un homme qui aura, demain, perdu son travail, et sera pourchassé à mort par le réseau de Moriarty pour qu'il ne parle pas ? Cet homme croit fuir, mais son destin est déjà scellé au bout du chemin. » Je me range à son avis.

Les loups nous reniflent de loin. Ils sont déjà tous réveillés et, pour certains il me semble, passablement excités. Un grand mâle nerveux trotte de droite à gauche dans la cage. Mon imagination m'emporte un moment : « Et si Moriarty avait donné Watson à manger au loup ? » Paniqué, je me hisse sur le muret, m'accroche aux barreaux et tente de voir si un corps ou, pire, des restes humains ne jonchent pas le sol de la cage. Mon Dieu, si tel est le cas, je ne me le pardonnerai jamais ! Le gardien en chef m'invective : « Monsieur, descendez donc, s'il vous plaît ! Ils n'ont pas encore mangé. Leur repas est donné une fois par jour en public. N'allez pas vous faire mordre ! Ce sont toujours des animaux sauvages, vous savez. »

Je frémis à cette pensée.

Holmes, gardant son sang-froid, demande : « Quelle est cette construction de brique sans fenêtres attenante à la cage ?

– Ça, monsieur, c'est une commodité pour prendre des photographies. Les magazines sont très friands de clichés rapprochés. Grâce à une ouverture dans le mur qui donne sur la cage, les photographes peuvent donner l'illusion de s'être approchés au plus près du loup, alors qu'ils sont restés en toute sécurité dans cet abri isolé de la lumière. »

Sherlock exulte intérieurement : « Pourriez-vous nous ouvrir la porte, mon ami ? Je suis certain qu'un curieux photographe est resté passer la nuit à l'intérieur !

– En vérité, monsieur, à part quelques scientifiques de l'association du zoo, personne n'a jamais été autorisé à passer la nuit ici.

– Vous m'honoreriez, monsieur. »

Le surveillant fouille dans sa poche et en tire un énorme trousseau ! Il met une longue minute à chercher la bonne clé. Le soleil se lève enfin. Je perds patience et crie : « Watson ! Watson vous êtes là ? » Je colle mon oreille à la porte et il me semble entendre taper du pied. Le cliquetis et l'agitation des clés du gardien m'empêchent d'en être sûr. Enfin, il trouve la bonne clé et ouvre la porte.

L'intérieur est sommaire. Mais ce n'est pas l'essentiel :

« Docteur Watson ! Par saint Georges, que je suis content de vous voir. »

Ligoté comme un saucisson sur une chaise, bâillonné, le Dr Watson nous regarde par-dessus ses fines lunettes cerclées d'or en grommelant. Ses paroles sont étouffées par le linge dans sa bouche. Il semble bien-portant, et surtout il est vivant ! Je le délivre prestement de son bandeau.

« Bon sang, vous en avez mis du temps pour venir !
– Watson, mon vieux Watson, dit Sherlock avec peut-être plus d'émotion dans la voix qu'à son habitude. Ils ne vous ont pas maltraité au moins ?
– Pire ! Cet imbécile de gardien de zoo n'arrêtait pas de me parler de vos aventures. Il est abonné au *Strand Magazine*. Il n'arrêtait pas de me poser des questions embarrassantes sur vous ! Et si vous existiez, et si vous étiez vraiment si fort, et patati et patata ! Une vraie plaie ! »
La pression se relâche et nous éclatons d'un rire sincère. Sacré Watson !
« Bien, nous n'avons plus rien à faire ici. Je propose que nous allions tous prendre une collation matinale à Baker Street. Mais avant, je dois impérativement télégraphier un message à Lestrade au sujet de l'affaire en cours. Il faut stopper un homme avant qu'il ne se compromette.
– Il y a mieux que le télégraphe, nous avons un téléphone dans le zoo.
– Vraiment ? dit Sherlock avec enthousiasme. Dans ce cas, si l'inspecteur MacDonald veut bien me donner le numéro du bureau de son collègue.

– Avec plaisir. Mais comment pouvez-vous êtes si sûr d'avoir compris ce que Moriarty tramait ?
– Je vous le dis dès mon retour, Mac ! Mais vous le savez déjà ! Vous n'avez juste pas fini d'assembler toutes les pièces du puzzle. »
Je reste là avec mes pensées, à l'entrée du zoo. Je retourne dans ma tête tous les éléments que j'ai croisés. Le curieux corbeau empaillé, les expériences sur les souris, la cage avec l'oiseau qui chantait une mélodie qui n'avait rien de musicale, les noms dans le registre, mes compagnons d'évasion...
Sherlock revient, et d'un air joyeux ordonne au cocher : « À Baker Street ! Nous l'avons bien mérité ! Heureusement que Mme Hudson se lève tôt. Je meurs d'envie d'une bonne assiette d'œufs brouillés avec du bacon ! Et vous Mac ?
– Eh bien, je... Monsieur Holmes, vous m'avez promis des explications.
– Certes, certes... Donnez-moi un peu de répit, juste le temps de contourner Regent's Park pour rallier Baker Street. »

Mme Hudson a fait merveille : œufs brouillés, jambon cuit, thé, et un reste de gâteau au citron de la veille, que le Dr Watson a fini d'engloutir avec un bel appétit : « Je n'ai pas dîner hier soir ! » Miss Peekbroke s'est assise dans un fauteuil après avoir bu un grand thé bien chaud, et l'épuisement la gagne peu à peu.

Holmes repousse son assiette, se lève, et bourre sa pipe avec le tabac qu'il garde dans une babouche accrochée près de la cheminée. Il se tourne vers moi et demande :

« Alors, Mac, vous aviez besoin d'explications, me semble-t-il. Vous m'avez dit avoir découvert un oiseau chanteur dans une cage.

– Oui, en effet.

– Le papier trouvé dans la poubelle du bureau de Moriarty, vous l'avez ?

– Oui.

– Avez-vous bien lu la petite écriture manuscrite qui est en dessous de la partition ?

– Euh, sans doute. Elle dit : "L'oiseau sera prêt jeudi."

– Comparez le nombre de notes de la partie musicale avec le nombre de lettres de la phrase.

– Holmes, il y en a autant !

– Bien, répond Holmes en allumant sa pipe avec une allumette. Vous vous êtes déjà plaint de la faible qualité musicale du chant sifflé par le petit oiseau. La partition est pire, je crois. Pourquoi à votre avis ?

– C'est un code musical ? suggéré-je, plein de curiosité.

– Exactement. Regardez, on ne trouve que deux notes : la noire et la croche. Pas de rondes, pas de blanches, ni d'autres croches, quel genre de musique est-ce là ?

– Des notes pour signifier des lettres.

– Oui. En fait, si on regarde attentivement les notes utilisées, on voit que cela part du *do* en bas. On peut donc reprendre les notes déchiffrées dans le message trouvé dans la corbeille et s'en servir pour reconstituer un alphabet complet. Ce qui donne ceci. »

Je m'empare du papier avec avidité et m'essaie à décoder le premier chant de l'oiseau.

« "Le corbeau est dresse" : le corbeau est dressé ! Le corbeau, comme l'oiseau empaillé que j'ai trouvé dans l'atelier.

– Eh oui, juste hier. Et comme par hasard, sur ce précieux registre que vous avez trouvé dans le coffre, que lit-on ?

– Oiseleur.

– Bien. Et qu'avez-vous trouvé également, m'avez-vous dit ?

– De minuscules sacoches en cuir.

– Ce sont des sacoches pour le corbeau. Ce sont des animaux puissants, qui peuvent parfaitement porter une petite charge, comme les pigeons voyageurs.

– Dans ce cas, pourquoi recourir à des corbeaux, plus sauvages ?

– Parce que les pigeons ne sont pas les bienvenus là où l'oiseau est destiné, alors que les corbeaux y sont, pour ainsi dire, vénérés. Pouvez-vous me dire quels étaient les plans dans le bureau d'études ?

– Des plans d'armes, du métro...

– Et vous avez découvert pourquoi peu après.
– Et le plan de la tour Wakefield qui abrite les joyaux de la Couronne. L'exposition dont m'a parlé Lestrade hier soir et qui commence ce matin même !
– Là même. Et si vous lisez n'importe quel guide touristique comme ce Joanne, vous saurez qu'un fabuleux diamant indien y est exposé. Or ce diamant pèse exactement, je vous laisse lire.
– 105 carats, soit un peu moins de 22 g.
– D'où le galet rose.
– Pardon ?
– N'avez-vous pas trouvé un petit galet qu'on a érodé qui pèse ce poids exact ?
– Si, mais comment savez-vous qu'il pèse ce poids ?
– C'est écrit dans le cahier des expériences de Moriarty que vous m'avez montré tout à l'heure. C'est un maniaque, il note tout, c'est pratique pour qui sait raccorder toutes ces informations.
– Soit, soit. Il envisage de voler le diamant en le faisant passer par un corbeau. C'est effectivement la seule solution pour le sortir de la tour et de la forteresse. Mais comment procède-t-il

pour faire entrer l'animal sans éveiller les soupçons et surtout pour neutraliser les gardes qui sont à l'entrée et dans la pièce ? Ces hommes donneraient leur vie pour la Couronne. Ce sont tous d'anciens soldats.

– C'est là qu'est tout le génie de Moriarty, monsieur Mac. Il a d'abord essayé de voir s'il pouvait en corrompre, ou en acheter quelques-uns. Vous avez trouvé un papier brûlé dans une cheminée avec une liste, je crois.

– Ah oui, en effet.

– On a aussi une curieuse entrée barrée dans les dépenses de Moriarty.

– Je lis : Robert Nash 200£. C'est barré et suivi de la mention annulé.

– Il a refusé de se laisser acheter. Alors...

– Ils ont enlevé son fils, Leonard ! L'homme que j'ai libéré et que nous avons conduit à l'hôpital.

– Oui, c'est cela. Ils ont utilisé son fils pour faire pression sur lui. En se débattant et en essayant de s'enfuir, j'ai bien peur qu'il n'ait en fait aidé ces sacripants à effrayer encore plus son pauvre père. Il faisait pitié à voir.

– C'est un chantage horrible.

– Quel père laisserait son fils mourir ? dit Holmes en tirant une bouffée de sa pipe. On peut demander beaucoup de sacrifices à un homme endurci. Mais là… Je pense qu'il se serait sans doute ôté la vie après avoir commis ce vol infâme.
– Bien, je comprends. Mais cela ne résout pas le problème des gardes. Il n'allait pas tuer ou assommer plusieurs de ses collègues.
– Non, en effet. D'où le gaz créé par Moriarty et ses essais sur les souris que vous avez trouvées dans le laboratoire.
– Quelle horreur ! Vous pensez qu'il va les tuer ? Ou juste les endormir ?
– Rien n'arrivera, j'ai tout expliqué à Lestrade. Il est déjà sur place à l'heure où nous parlons.
– Et pour faire rentrer le corbeau ?
– Robert Nash est le soigneur des corbeaux des Tours de Londres, ce sont des animaux familiers, tout le monde est habitué à le voir avec ces animaux. Il a juste à rentrer dans la tour avec. C'est un symbole de la royauté. Même si un garde suspectait un de ces animaux de s'enfuir avec un joyau, il n'oserait pas l'abattre par peur de la superstition.

– C'était un plan machiavélique. »

Holmes se tourne vers moi.

« ... que VOUS avez mis en échec, Mac.

– Mais, et vous, votre enquête ?

– Rien de sérieux, des filatures interminables, des fausses pistes. Ils se sont joués de moi. Ils m'ont baladé une bonne partie de la nuit dans les quartiers mal famés.

– Alors pourquoi m'avoir laissé entrer dans la maison de Moriarty ?

– J'étais censé y aller. C'était un risque énorme à la hauteur de l'appât que cela représentait.

– Mais vous auriez pu accomplir tout ce que j'ai fait.

– Je n'en suis pas si sûr, Mac. Je n'avais jamais eu ni les moyens ni le temps d'accéder à ces étages secrets, même si cela semblait assez évident vu de la façade extérieure. Vous avez été brillant.

– Il n'a pas prévu que quelqu'un aille aussi loin.

– Non. Je pense que peu après votre fuite par le niveau secret, des hommes à lui ont dû fouiller la maison à votre recherche. Il a dû être très surpris que vous ayez pu partir sans tomber dans son piège mortel.

– Il a sous-estimé son adversaire.
– Oui, il s'est cru très malin avec ses codes et ses astuces. Mais en fait, son excès de complication a signé son arrêt de mort. Même son aide de camp en avait assez de ses mots de passe et autres codes.
– Qui cela ?
– Le colonel Moran, celui qui a dormi dans la chambre d'ami en oubliant son chapeau et un carton dans son pantalon.
– En effet.
– Mac, aujourd'hui, nous allons porter un coup fatal à son organisation. Le registre que vous avez trouvé dans le coffre, et... Miss Peekbroke, pouvez-vous nous assurer de votre entière collaboration ? »
Miss Peekbroke, qui suivait d'une oreille notre conversation, répond d'une voix un peu lasse et triste.
« Je n'ai pas tellement le choix, monsieur Holmes. Tant que le réseau Moriarty existe, ma vie est en danger. Il n'y aura aucun endroit sur terre où je serai en sécurité tant qu'il pourra m'atteindre.

Mon seul choix est de détruire cet homme et son organisation.
– Vous avez raison, Miss. Il vous faut quelqu'un pour veiller sur vous. Mac, avez-vous une retraite, un endroit où vous pourriez emmener Miss Peekbroke en sécurité, loin de Londres ?
– J'ai bien la vieille demeure familiale des MacDonald en Écosse, mais c'est très modeste et je ne sais pas si…
– Cela m'ira bien, inspecteur MacDonald, tranche Miss Peekbroke avec un sourire. Et je n'aurai de meilleur compagnon pour veiller sur moi.
– Voilà qui est décidé. Dans ce cas, miss Peekbroke, je vous demanderai de me faire parvenir, par courrier, tous les noms et les opérations dont vous vous souviendrez. Vous posterez cela de préférence d'une ville voisine. Et vous l'adresserez à un nom d'emprunt que je vous donnerai via l'agence Wilson, et non à mon adresse à Baker Street, des fois que mon courrier serait espionné.
– Je ferai de mon mieux, monsieur Holmes.
– Parfait. Il est un peu tôt pour fêter cela, car cet homme est plein de ressources, mais je crois

que nous avons porté aujourd'hui un grand coup contre l'organisation de Moriarty ! »
Quelqu'un sonne et un pas précipité monte dans l'escalier du 221B.
« Inspecteur Lestrade, entrez donc ! » lance Holmes avant même qu'on ne frappe à la porte du 1er étage.
« Ah, monsieur Holmes, dit l'inspecteur. Comment vous remercier ? Nous avons pu éviter le pire.
– Les bijoux ?
– En sécurité, répond Lestrade avec un air soulagé.
– Et M. Nash père ?
– Effondré de honte. Nous avons pu l'intercepter juste au moment où il prenait son service. Il avait un corbeau sous son chapeau. Celui-là n'avait pas ses ailes coupées comme ses congénères des Tours. Je crois qu'il allait commettre l'irréparable. Heureusement que vous m'aviez décrit les tatouages de son fils. Jamais il ne m'aurait cru. Il se refusait à croire que son fils était délivré et sain et sauf.

– Bien, bien, c'est compréhensible. Qu'avait-il d'autre sur lui ?
– Une fiole d'un liquide verdâtre. Leonard Nash prétend qu'il s'agit seulement d'un produit qui libère un gaz au contact de l'air, afin d'endormir les gardes. Il avait pour consigne de jeter la fiole à travers la pièce et de refermer la porte le temps qu'il agisse. Le pire, c'est que j'aurais pu être dans la pièce !
– Diable ! Vous auriez pu y laisser plus que votre amour-propre professionnel.
– Comment cela ? demande Lestrade d'un air inquiet.
– Monsieur Mac, vous souvenez-vous des expériences sur les souris de Moriarty ?
– Oh oui, je ne vais pas l'oublier de sitôt...
– Quel était le numéro de cage des souris mortes ?
– Cinq, je crois.
– Et que dit le cahier rouge qui consigne les expériences de Moriarty, Mac ?
– Un instant... Essai n° 3. Cage n° 5. Couleur verte. Odeur supportable. Les sujets sont tous morts... Seigneur, Holmes ! Il allait les tuer.

– Une pièce, dans une tour, avec des portes et des petites fenêtres fermées. Aucune chance. Et dans l'émotion et l'action, Nash n'aurait même pas pu distinguer un homme mort d'un homme endormi...

– Cet homme est un monstre ! s'exclame Lestrade, la figure pâle.

– Le génie du mal en personne, répond sombrement Sherlock Holmes. Je donnerais ma vie pour en débarrasser le monde !

– Puissiez-vous ne pas en arriver là, Holmes.

– Nous verrons, Mac, nous verrons », dit Holmes. Puis il tire sur sa pipe d'un air songeur en regardant par la fenêtre, comme s'il essayait de prédire l'avenir par la seule force de sa pensée.

FIN

Pour en savoir plus :

Stéphane Anquetil
(www.facebook.com/sleuth.games/)

404 EDITIONS

CULTURE GEEK

404 éditions

@404editions

@404editions

snap404editions

404-editions.fr